ŒUVRES MÊLÉES

DE

MADAME

SARA GOUDAR,

ANGLOISE.

TOME SECOND.

REMARQUES

Sur la Musique Italienne & sur la Danse,

A

MILORD PEMBROKE.

A AMSTERDAM.

1777.

AVERTISSEMENT

DE

MADAME SARA GOUDAR.

JE ne cherche point ici à reformer la scene. Il y a long-temps qu'elle n'est plus une école des Mœurs. On ne va guere aujourd'hui au théatre, que pour s'y donner en spectacle. Mes réflexions portent simplement sur quelques endroits de la Musique, & de la danse moderne. Lorsqu'on réfléchit en philosophe, sur la révolution qui s'est faite de nos jours sur celles-ci, on ne peut s'empêcher de plaindre deux Arts qui ont dégénéré dans la proportion que les autres se sont perfectionnés. C'est en s'éloignant de la nature qu'on a franchi toutes les regles du chant & de la Danse.

Il est humiliant pour le siecle le plus éclairé qui fut jamais, de voir l'état déplorable où sont réduits les Opera, sur-tout les Italiens, où le moindre inconvénient est peut-être celui d'y voir des Alexandres, des Césars, ou des Pompées, y régler le destin

ij

de l'Univers avec des voix de filles, & des Hercules être tués en pantomimes par de celébres Maîtres de Ballets ; où , dis-je, le plus petit défaut eſt de couper la nature pour la faire à chanter & reduire un grand nombre d'hommes en béquilles pour les faire danſer. Mais il y a d'autres vices, dont je fais voir le ridicule dans les lettres que je publie ici.

Au reſte, en donnant le nom de ceux qui ſe ſont diſtingués ſur le théatre moderne, je ne parle que d'un petit nombre ; car ſi j'euſſe entrepris de les expoſer tous aux yeux du public, il m'eût fallu faire un Diction-naire Encyclopédique de Muſique & de Danſe.

Je ne parle pas non plus des mœurs de ceux qui ont occupé, ou qui occupent en-core la ſcene ; car mon deſſein n'eſt pas de donner à la poſtérité le tableau des ordures du ſiecle. Ceux qui ont le malheur de fré-quenter la couliſſe ſavent que c'eſt le pays le plus corrompu de la terre. Je ne parle que des talents de ceux qui l'occupent, & non de leurs vices , &c. &c.

LETTRE

LETTRE PREMIERE,

SUR *LA MUSIQUE ITALIENNE.*

DE VENISE.

Milord ,

'OPERA qu'on donne ici , s'appelle *Antigono.* La Muſique eſt de la compoſition d'un Maître Napolitain , ce qui ſuppoſe qu'elle eſt fort bruyante. J'y aurois ſouhaité moins de notes & plus d'expreſſion.

Je ne vous dirai rien des Aĉteurs : ils ſont un ſi petit nombre ſur les théatres d'Italie que cela ne vaut pas la peine d'en parler. En France, l'Opera eſt une grande République , qu'un Prince poſtiche conduit le bâton à la main (*a*). En Italie, c'eſt un petit Etat monarchique dirigé par un Souverain du théatre , qu'on appelle *il primo uomo,*

(*a*) *Le bâton pour marquer la meſure.*

Tome II.   A

& qui n'eſt que la moitié d'un homme. A l'égard
de l'exécution du Drame , j'aurai d'abord fait.

La Maccarini dit les Airs; Venanzio les chante.
Les autres Aĉteurs ſont à peu près neutres : on
peut les confidérer comme des ſtatues mouvantes,
qui ouvrent la bouche au ſon du violon , & dont
on pourroit ſe paſſer , s'il ne falloit pas repréſenter
la piece. Sur les théatres en muſique tout roule
ſur deux premiers perſonnages , & lorſque ceux-ci
ſont mauvais , on exécute l'Opera ſans Aĉteurs. Je
vous parlerai dans ma ſeconde des Ballets.

Je n'aſſiſte jamais à un Opera Italien pour la
premiere fois, que je ne me reſſouvienne de la
fameuſe diſpute qui s'eſt élevée dans notre Siécle
ſur la Muſique , & qui a fait autant de bruit,
que la Muſique eſt bruyante par elle-même. On
s'eſt beaucoup tourmenté l'eſprit pour ſavoi ſi
la Françoiſe vaut mieux que l'Italienne; c'eſt-à-
dire , ſi on doit préférer un mode à un autre. J'aurois mieux aimé qu'on eût agité une queſtion plus
générale , & de toute autre importance : c'eſt-à-
dire , ſi la muſique par ſon influence peut contri-
buer à l'ordre public ; car ſi elle n'eſt bonne à
rien , il faudroit l'abandonner; mais ſi au contraire elle peut être utile à quelque choſe , il feroit
temps de la perfeĉtionner.

Les Prôneurs de la muſique prétendent qu'en
ſe gliſſant dans notre cœur par les organes du

corps, elle nous fait sentir le doux plaisir ; que son harmonie qui enchante l'ame, a la faculté de la porter au bien ; que les peuples qui aiment la musique, sont plus doux & plus sociables que ceux qui ne la connoissent pas, & tant d'autres belles choses, qui portent à faire croire que les Handel, les Gluch, les Sachini peuvent être aussi utiles au genre humain, que les Socrates, les Sénéques, & les Erasmes.

Le parti opposé soutient au contraire, que la musique par sa nature énerve l'ame ; que c'est un art corrupteur qui ne donne que des vices; que les nations les plus chantantes sont les plus méchantes ; que moins on connoît des ariettes , & plus on a de vertus. En attendant qu'on décide cette question, les Opera vont toujours leur train.

La musique même est descendue du théatre, d'où elle a gagné toutes les classes.

Il n'y a point de jolie Dame en Italie, qui en recevant la visite d'un jeune *Cavalier*, après avoir étalé ses graces, ne passe à son clavessin, où elle chante un petit air pour achever de se rendre aimable. Je connois ici deux ou trois visages, qui ont fait fortune par cette ariette.

> *Se tutti i mali miei*
> *Io ti potessi dire*
> *Divider ti farei*
> *Per tenerezza il cor.*

A l'égard de l'autre fexe, un gentilhomme qui n'eft pas chantant eft un animal diffonant. Il faut connoître *il Buranello* & *Godelupi*, pour être admis chez les élégantes. Une belle Dame, à qui on préfentoit dernierement un jeune gentilhomme pour être fon *Cavalier Servente*, en l'interrogeant fur les qualités qui font mériter cette place, le queftionna ainfi : *Signore, fapete la mufica? No Signora*, lui répondit le poftulant ; *e bene,* reprit - elle, *andate ad impararla, e poi venite a ritrovarmi.* C'eft, en bon François, envoyer un homme à l'école. Cet art, dans le monde galant, entre dans l'affortiment des chofes qu'il faut avoir pour plaire. Sans lui un amant eft fouvent en danger de tomber dans le défefpoir, faute d'être en état d'exécuter une ariette pour toucher le cœur de fa belle. Je pourrois vous citer un petit-maître, qui feroit mort depuis long-temps fans cette ariette, qui lui fauva la vie par ces paroles :

> *Ah che nel dirtt addio,*
> *Cara, morir mi fento ec.*

La mufique ne s'eft pas fixée au monde galant, elle a percé jufques dans la République des mendiants. Les pauvres demandent l'aumône en chantant. Ils choififfent les airs tendres, qui ont touché les cœurs des amants, pour exciter les fideles

à la charité chrétienne. Le Comte de B...,
Ruffe, & par conféquent grand amateur de la
mufique Italienne, pendant fon féjour à Venife,
avoit à fes gages fix de ces muficiens en hommes,
& autant en femmes, qui chantoient & jouoient
tous les jours du violon dans fon antichambre,
pour l'aider à faire la digeftion de fon dîner,
dont les honoraires étoient réglés à un demi-
rouble chacun par femaine.

Je fuis fâchée que vous ne foyez pas ici, Milord, car je vous donnerois un grand concert au
milieu de la place Saint-Marc, éxécuté par cinquante Muficiens, gueux de profeffion, qui tous
enfemble feroient autant de bruit que l'Opera de
Paris. Il ne faut pas vous imaginer que ces *Virtuofi* lifent la mufique à livre ouvert, car la plûpart font aveugles.

Il me femble, Milord, qu'en agitant la queftion fur la mufique, on n'eft pas remonté aux
vrais principes. Notre fiecle s'en eft rapporté là-
deffus aux Grecs & aux Romains, au-lieu qu'il
falloit ne nous en rapporter qu'à nous-mêmes. Il
eft clair que l'antiquité s'eft trompée à l'égard de
la mufique, & que fon fyftême fur cet art eft
plus moral que phyfique. Comment auroit-elle
connu la marche des efprits animaux, ces meffagers du goût, ces fentinelles de l'âme, elle qui
ignoroit fi le fang circuloit? Les anciens étoient

A 3

de bonnes gens qui croyoient sentir ce qu'ils ne sentoient pas. Ils marchoient à tâtons dans la nature : aussi s'égaroient-ils souvent. Platon, qui établit comme un des principes de sa philosophie qu'on ne peut préférer un mode à un autre, sans causer une révolution dans le gouvernement politique, seroit bien étonné, s'il revenoit sur la terre, en voyant les changements qu'on a faits dans le chant, sans que cela ait influé sur les systêmes modernes. Tous ces Philosophes établissoient leurs loix sur la vibration de l'air, & l'impulsion que les sons extérieurs ont sur les sens, qui les agitent davantage à mesure qu'ils sont plus grands ou plus modelés; ce qui est une fausse conséquence tirée d'un faux principe. Sous les Pyrénées, où les orages sont fréquents, les habitants du pays sont si accoutumés au bruit du tonnerre, qu'on peut regarder comme la plus forte note de la musique instrumentale, qu'il ne fait plus d'impression sur eux. Dans une certaine ville de Flandre, assiégée du temps de Louis XIV, les Citoyens s'étoient si bien faits au bruit de l'artillerie, qu'on assista à tous les divertissements publics, & qu'une bombe qui tomba sur le théatre n'interrompit pas le spectacle.

Le grand Condé avoit l'imagination si indépendante de la vibration de l'air, & des sons extérieurs, qu'on auroit pu choisir le moment le plus tumultueux d'une action , pour lui parler d'une affaire très-compliquée.

Charles XII. s'étoit fi bien accoutumé à l'harmonie des balles , qu'il pouvoit lire une lettre , & y répondre dans le fort d'une mêlée. Voilà pourquoi la mufique guerriere de Frederic , compofée de deux cents pieces de gros Canons *Virtuofi* , qu'il tient à fes gages pour chatouiller les oreilles à ceux qui veulent s'oppofer à fa gloire , & de deux cent mille fufils , pour remplir les grands chœurs de la mufique de fes batailles ; voilà pourquoi , dis-je , ce Prince pouvoit donner un grand concert militaire dans les dernieres campagnes , fans que fes ennemis en fuffent déconcertés. Toutes ces différentes fenfations dans les tons les plus aigus ne pourroient fe faire , Milord , fi les vibrations étoient les mêmes dans tous les individus , & fi les fons extérieurs avoient fur nous cet empire , que les anciens vouloient leur donner. Depuis dix luftres il s'eft fait tout plein de révolutions dans la mufique , fans que celles-ci en aient caufé aucune dans les Etats.

Le mode n'a pas plus d'influence. S'il agiffoit également , il cauferoit la même fenfation dans toutes les ames ; mais il s'en faut bien encore que cela foit ainfi.

Montefquieu dit , qu'il faut écorcher un Mofcovite pour lui donner du fentiment. Je crois ;

Milord, qu'il faudra bientôt nous écorcher nous-mêmes pour nous rendre fenfibles à un Art auquel on a voulu donner un grand Empire. Cela eft venu de ce qu'on a trop mufiqué. Les fens fe font ufés. Il en eft des organes du goût, comme de toutes les autres portes de l'ame, qui fe ferment d'elles-mêmes, lorfqu'on les a ouvertes trop fouvent. On a tâté notre imagination par tant d'idées harmonieufes, on l'a effayée par tant de modes, qu'on l'a énervée, à force de vouloir la rendre fenfible.

Prefque toutes les nations bâillent aujourd'hui au fon des violons. Plufieurs dorment profondément au théatre. Il n'y a guere que les Italiens, qui battent des mains à l'Opera. La plûpart même le font *per impegno*.

L'impreffion, que le cerveau reçoit des fons, tient à une infinité de chofes d'accident, comme le climat, l'éducation, le génie, la forme du Gouvernement. Il faudroit décompofer la nature d'un Turc, d'un Tartare, ou d'un homme du Jappon pour lui faire fentir l'harmonie de certains fons. Je dirois volontiers, qu'il y a des nations fourdes par phyfique, & qu'avant de leur apprendre à fentir, il faudroit commencer par leur apprendre à entendre. Parmi nous un homme bien né reçoit les impreffions de la mufique d'une maniere différente de celui qui a vécu dans l'obfcurité.

On avoit chanté pendant trois mille ans à peu près comme on parloit, ce qui approchoit de la bonne musique, lorsque des nouveaux Législateurs voulurent changer cette ancienne constitution musicale. Je ne vous parlerai que des réformateurs du Siécle, & des révolutions qu'ils ont causées dans l'harmonie, de notre Monde.

Handel, que nous avons placé après sa mort à côté des plus grands Monarques Bretons, & que nous aurions dû ensevelir dans l'antichambre des tombeaux des Rois, si les tombeaux avoient des antichambres, gâta le fonds de notre musique, qui s'accordoit avec nos mœurs. Il chercha à nous faire devenir Italiens au lieu de nous conserver Anglois, c'est-à-dire, indépendants; caractere de qui nous tenons tout ce que nous valons.

Ce Compositeur mêla à notre premiere musique celle du midi de l'Europe, oubliant que nous étions une nation du Nord. Le mélange étoit bon; mais la dose fut trop forte. Elle précipita la balance musicale, qui entraîna notre goût au-delà du physique Anglois. Les Volades Italiennes rendirent la nation plus légere.

Tant de Biscromes couperent, pour ainsi dire, notre humeur, & la rendirent aussi variée que les Ariettes. Cette révolution, qui passa dans notre ministere, gâta l'harmonie des négociations. Depuis ce temps-là nous n'avons plus été d'accord avec

le clavessin politique de l'Europe. De-là est venu
que notre Gouvernement a été rempli de dissonan-
ces, & que dans la paix comme dans la guerre,
il a chanté tantôt trop haut & tantôt trop bas,
ce qui est pire qu'un desaccord continuel ; car
en matiere de musique politique il vaut mieux ne
pas chanter du tout que de chanter hors de temps.

Rameau causa dans la musique françoise la même
révolution que *Handel* avoit causée dans l'Angloise.
Il y mêla trop de notes ; ce qui lui fit perdre cet
air grave & soutenu, que les françois disent être
le bon ; mais qui, pour parler dans toutes les regles,
est celui qui convient mieux à une langue qui a
moins de voyelles que l'Italienne. Les consonnes sont
trop dures pour les roulades. Il faut toujours que
l'expression musicale soit analogue à l'idiome.

Jean-Jacques Rousseau, encouragé par Rameau,
laissa de copier la musique pour faire des notes.
Il fit le devin du village : quoiqu'il ne fallut pas
être sorcier pour composer cet Opera, il plut
beaucoup.

Les partisans de Lulli se récrierent contre un
goût, qui tendoit à dépouiller la nation du sien,
& qui alloit faire chanter la nation à l'unisson avec
Naples, Rome & Florence. On prétendit que cette
nouvelle musique feroit naître beaucoup de vices ;
que les François feroient aussi fourbes, & aussi
astuti que les Ariettes ; qu'il n'y avoit déja que

trop de gaieté dans la nation ; que quelques notes enjouées de plus la rendroient folle ; qu'il faudroit la lier avec la mufique Italienne. On appelloit Rameau le *pere aux rigaudons*. En effet il ne manquoit jamais un air gai du premier coup. On eût dit qu'il avoit un moule, où il les jettoit. C'eſt qu'il avoit ſa tête remplie d'ariettes.

Chaſſé avoit fredonné pendant trente ans ſur le théatre du palais Royal avec un applaudiſſement général. Dans l'Europe galante il avoit fait chanter le Grand Turc auſſi bon françois, qu'un Muſulman puiſſe chanter. Le Maur, avec la plus belle voix qui ſe ſoit jamais fait entendre ſur la ſcene, avoit touché tout Paris par de grands airs graves & ſoutenus. On l'oublia auſſi-tôt que le parti de Lulli fut affoibli. *La Fel* prit ſa place, & brilla beaucoup par ce gazouillement devenu à la mode. *La Numiere* ſuivit ſon exemple, & réuſſit comme elle.

Geliot parut, & les Lulliſtes furent écraſés. Il chanta des ariettes Italiennes avec des paroles Françoiſes. Jamais on n'a mis tant d'art & tant d'expreſſion pour toucher une nation par des accents qui lui étoient étrangers. On s'étonna que cette muſique ne fût pas celle de la France, & on alla juſqu'à croire qu'elle devoit l'être. Les Rameaux ne firent pas attention, qu'il y a des modes qui trompent la nature, & que l'art de

la modulation eft aux fens ce que l'éloquence
eft à l'efprit.

Non feulement le goût des Ariettes prévalut
en France ; mais il s'étendit chez toutes les nations. Les Ruffes, les Polonois, les Suédois, les
Danois, les Allemands, les Cofaques, les Hongrois, les Autrichiens, les Efpagnols, les Portu-
gais l'adopterent. Dès lors toute l'Europe fut à
l'uniffon avec les Italiens ; & Dieu fait fi elle
en valut mieux. Il n'y eut que le Hollandois qui
ne chanta pas comme les autres peuples. Il s'en
tint à fes modes, & à fes premiers foupirs pour
l'argent. Des fons fimples dénués d'efpeces ne le
toucherent point. Il crut que cent mille florins va-
loient mieux que tous les Opera d'Italie : c'eft qu'il
n'avoit pas dans fes fens la valeur d'un feule note.

Cependant cette même mufique, qu'on croyoit
fe perfectionner en Italie, fe gâtoit. Haffe, qu'on
nomme *il Saffone*, parce qu'il étoit Saxon, mit
trop de mufique dans les airs. Il perdit de vue
cette fimplicité, avec laquelle la nature s'explique, & qui ne peut jamais être indemnifée par
tous les agrémens de la modulation. Il fit fervir
fes talents fupérieurs à plaire & à charmer l'oreille,
au lieu de les employer à toucher & émouvoir
le cœur : imagination vafte & féconde, & à qui
il ne manqua, pour être un grand maître de cet
art, que d'en avoir connu les principes.

Leonardo

Leonardo Leo fut plus fimple : auffi approcha-t'il mieux de la nature : mais le goût étoit déja trop gâté pour être ramené au vrai.

David Perez fuivit les maximes de Leo : il s'attacha au vrai, & eut le même fort.

Baltazar Galupi compofa avec beaucoup d'art. Il chercha l'expreffion & la trouva. Sa mufique eft l'école des profeffeurs ; mais elle en gâtera beaucoup. C'eft qu'elle a des endroits hazardés, & qu'il faut exceller dans cette profeffion pour les placer comme lui à propos.

Jomelli avec un génie fait exprès pour la mufique, la perfectionna ; mais les femicromes l'entraînerent. Il fut forcé de fuivre le torrent des notes. Ou pourroit le mettre au rang des Légiflateurs de la mufique, fi de fon temps elle eût été fufceptible de légiflation. Il fit chanter dans tous les principes ; mais les principes avoient befoin eux-mêmes de réforme.

Cluch Allemand, comme *Haffe*, l'imita ; quelquefois même le furpaffa : mais fouvent il fit mieux danfer (*b*) que chanter.

Miflevifck a pour lui des morceaux. La poftérité chantante regrettera qu'ils ne foient pas tous égaux.

On peut comparer *Traita* à un torrent, qui

_____

(*b*) *Dans le ballet de Dom Juan, ou le feftin de Pierre, il compofa une mufique admirable.*

entraîne tout. Né avec l'audace de la composition, il s'élance sur les morceaux les plus difficiles du chant, déploie dans ceux-ci un génie supérieur. S'il n'y avoit point eu de musique sur la terre, Traïta auroit pu en faire une.

Piccini excelle dans cette musique comique, qui cherche plus à exciter à rire qu'à faire pleurer.

Sachini est doux, tendre, harmonieux, & il arriveroit au vrai, si tous les chemins pour y parvenir n'étoient fermés aujourd'hui à la bonne musique. C'est un malheur pour un grand Professeur de vivre dans un siecle, où il faut s'accommoder à la corruption pour se distinguer dans son art.

Paisello copie beaucoup. Il regarde la musique comme un pays abandonné au pillage. Tout ce qui tombe sous sa main est de bonne prise. Lorsque pour écrire on attend après l'imagination des autres, on n'imagine jamais.

Voilà à peu près le char de la musique Italienne. Voici ceux qui le traînerent. *Senesino* fut le premier qui chanta dans le nouveau goût. Notre théatre de Hai-Market reçut les prémices de ces ariettes, où le Compositeur donna tout au brillant. *Farinelli* le suivit de près & le surpassa. Il sortoit de ces fameux Conservatori Napolitains, qui étoient déja les premiers Seminaires des *Virtuosi* du théatre. Il surprit par l'étendue & l'har-

monie de fon chant. Mais étant devenu chevalier
en Efpagne , on le vit quitter la fcene pour fe
livrer à la politique. Il ne chanta plus que dans
les petits appartements de la Reine.

Careftini fe diftingua des autres Muficiens. On
entendit fortir des tons très-profonds (c) d'une
poitrine faite pour rendre les plus aigus ; ce qui
fit dire à un *Tenore* de ce temps-là , qu'il vouloit
fe faire Eunuque pour chanter la baffe.

Cafariello récita dans un goût brillant. Secondé
par une belle voix & une agréable figure , il en
impofa à la fcene. Jamais mortel ne porta plus
loin l'audace du chant. Il récita en Roi , & repré-
fenta en Monarque. S'il n'eut pas toujours le bonheur d'être aimé , il ne manqua jamais de plaire.
C'eft le feul Eunuque , qui ait chanté jufques à
l'âge de foixante dix ans fans détonner. On l'entend encore à Naples avec plaifir.

Bernacchi fe fit un pathétique qui commença
& finit avec lui. On peut dire qu'il emporta toute
fa mufique dans le tombeau ; mauvais magafin chez
les morts. C'eft de fon école que fortirent ces
chanteurs , qui firent pleurer pendant quelque
temps , par une expreffion qu'on croyoit tendre ,
mais qui ne l'étoit pas , parce que ce même pathétique chanté aujourd'hui ne touche plus : or l'ac-

_____

(c) *Il avoit les tons d'une taille baffe.*

B 2

rent qui est fondé sur les loix de la nature, ne change point, parce que la nature est toujours la même.

Egiziello effaça tous les Musiciens de son temps, tant par l'harmonie de la voix que par la douceur du chant. L'art de l'expression fut son premier talent. Il récita au cœur, & chanta à l'ame. C'est lui qui dans l'Opera d'*Artaserse* fit pleurer toute Rome par ce seul accent.

E pur son innocente.

Guadagni avec moins de voix & beaucoup de goût se distingua sur la scene. On versa quelquefois des larmes à ses représentations. Les hommes l'admirerent, & les femmes l'aimerent. Il eût peut-être donné des Grands à la France, & des Princes à l'Allemagne, si le fatal couteau qui l'empêcha d'être homme, n'eût étouffé en lui le germe de la génération. Mais peut-être, s'il eût été homme, on l'eût moins aimé; car il y a des mortels, qui doivent tout à ce qui fait qu'on ne leur doit rien.

Salimbeni, Monticelli, & plusieurs autres du même ordre, moururent trop tôt pour savoir s'ils eussent été de grands Musiciens.

Reginelli déploya beaucoup de douceur; mais il falloit l'entendre au clavessin, & non pas sur la scene. Il y a des figures si malheureuses qu'elles sont capables de faire oublier le plus grand talent.

Garducci chanta quelquefois au cœur , & arriva souvent à toucher l'ame.

Philippe Elisi aima les Ariettes qui rendent de guinées. Il fut deux fois en Angleterre pour chanter cette expression sur le théatre de Hai-Market , & c'est en quoi il réussit.

Luchino Fabris imita Egiziello , mais il ne fut pas *Egiziello.*

Manzoli chanta beaucoup , mais ce ne furent que des Notes. Après trente ans de théatre , il n'a laissé que des sons sur la scene.

Voilà assez d'Eunuques : parlons maintenant des hommes.

Amorevoli fit sentir toute la douceur d'une voix naturelle. Ses sons harmonieux flaterent les sens. Il fit soupçonner au théatre Italien , qu'il pourroit se passer de *Soprani.*

Babbi chanta avec plus de force que de goût. Quelquefois il violenta la scene. Il falloit qu'il chantât bien pour faire oublier qu'il étoit mal au théatre (d).

Annibale Ballini chanta peut-être mieux que tous ; mais il ne fut pas assez connu en Italie (e).

(d) C'étoit un petit homme , qui paroissoit sur la scene comme un *Charlatan.*

(e) Né à Boulogne. Il passa presque toute sa vie dans les Cours étrangeres , & mourut en Portugal au service de la Cour.

Rafa, qui vit aujourd'hui , & qui continue à remplir la scene , quoiqu'il ait plus de soixante ans , est admirable dans l'exécution. Les violons ont peine à le suivre. Il possède parfaitement son Art ; mais s'il est bon musicien , il est encore meilleur chrétien. Il dit le Rosaire derriere les coulisses , & distribue aux pauvres l'argent qu'il gagne au théatre. On dit que dans sa jeunesse il avoit été Capucin quelque part , & que n'ayant pas assez d'occasions de résister à la tentation du sexe , il étoit monté sur le théatre pour acquérir cette vertu. Il ne pouvoit pas choisir un plus beau champ. Lorsqu'un Acteur chrétien fait les épreuves de chasteté au milieu de tant de corruption , il peut demander hardiment ses lettres de Béatification.

Les femmes contribuerent beaucoup aussi de leur côté à la révolution qui se fit dans le chant Italien. *La Faustina* fut la premiere qui passa seize cromes dans une mesure. Cette agilité fut le signal du mauvais goût qui alloit s'introduire dans la musique. Dès lors cet Art changea sa simplicité naturelle en une gaieté artificielle. Il ne fut plus question de chanter bien , mais de chanter vîte. En précipitant les modes , on les corrompit. On ne songea plus à toucher l'ame , mais à l'agiter. Les volades défigurerent le pathétique , & lui firent perdre cette gravité , qui soutient son caractere

Au-lieu de rendre une expreſſion tendre , on cou-
rut après elle.

La Cozzoni ſurprit & étonna ; mais elle ne toucha
point.

La Teſi rendit la ſcene intéreſſante , en ſubſ-
tituant l'art à la nature. Elle donna de l'expreſſion
à la muſique , & émut les paſſions en faiſant paſſer dans l'ame du ſpectateur ce qu'elle ſentoit elle-
même. Avec une voix ingrate , elle fit ſouvent ver-
ſer des larmes. C'eſt peut-être la premiere Actrice ,
qui ait récité bien en chantant mal. Quoique la
nature l'eût privée de la beauté , elle intéreſſa beaucoup. Ceux qui s'attachèrent à elle , le furent in-
violablement. Lorſqu'une femme laide ſe fait aimer , on l'aime long-temps.

La Turcotti charma par la plus belle voix qui
ſe ſoit jamais fait entendre ſur le théatre.

La Schieri montra un talent ſupérieur. Elle chanta
avec grace , & donna de l'expreſſion aux Ariettes (ſ).

La Peruzzi , la Germinati , la Gaſparini , la

_____

(ſ) Il y a un trait d'elle qui prouve de l'ingra-
titude pour ſon talent. Née de parents pauvres &
ſans bien , elle monta ſur le théatre par néceſſité.
Après qu'elle y eut fait une eſpece de fortune , &
qu'elle put ſe paſſer de la ſcene, elle brûla toute
ſa muſique pour ne pas ſe reſſouvenir qu'elle avoit
été Actrice. A Rome dans le temps que le théatre
étoit en réputation , on l'eût brûlé elle-même
pour oublier qu'elle l'eût été.

Fumageldi, & cent autres du même ordre repré-
senterent sans éclat, & moururent sans réputation
Après elles il y eut une espece de pause dans le
monde chantant à l'égard des femmes, jusques
à ce qu'il parut quatre Actrices, qui se distin-
guerent par leur talent.

La Gabrielli, qui remplit maintenant la Scene
Russe, a une belle voix. Elle chante avec art.
Ses accents enchantent & raviffent. C'est qu'elle
joint au talent de l'expreffion celui de l'harmonie.
Elle a fait une espece de révolution sur la scene;
on l'accufe d'en avoir caufé une plus grande dans
le monde politique, en brouillant deux Miniftres,
qui fe difputerent l'honneur de la préférence. Elle
a porté là-deffus le brillant de fa réputation jufques à avoir acquis la gloire d'être infultée per-
fonnellement par l'Ambaffadeur du plus grand Roi
du Monde (g).

La Diamici, avec une voix ordinaire, s'est élevée
au rang de premiere chanteufe. Elle a un art admirable, & chante avec autant de goût que de
favoir.

La Taiber est grande Muficienne, chante avec
force, a des fons brillants, fe préfente bien fur
la scene, où elle répare par l'art ce que la na-

(g) *On fait fon aventure de Naples, où elle reçut
des coups d'un Miniftre.*

ture lui refufe : mais elle fait foupçonner aux oreilles délicates qu'elle eft Allemande, ce qui eft une diffonance dans la mufique Italienne.

L'*Aguari* eft le Roffignol de la Scene ; mais elle n'eft que Roffignol. Son chant qui exécute beaucoup, exprime peu. Elle frappe d'abord par des accens étrangers à la nature, qui ne laiffent que des fons aigus. On l'appelle la *Baftardina* ; nom qui lui convient, car il n'y a rien de légitime dans fa mufique. Tous fes airs font bâtards. Cependant on ne fauroit lui difputer la gloire d'avoir ouvert une carriere nouvelle. C'eft un Raphaël en harmonie, qui a le grand coloris de la mufique, mais à qui manque le deffein du chant.

Ce font, Milord, ces différentes révolutions furvenues dans la mufique moderne, qui en changeant & irritant continuellement fes modes, en ont fait un art arbitraire, que chaque Muficien conduit à fa guife, & fait valoir felon fes caprices.

Mais, dira-t-on, eft-ce qu'il n'y a point d'expreffion dans la mufique pour rendre nos fentimens ? Oui, Milord, il y en a. Et quelle eft-elle ? Je vais vous le dire ; la plus fimple, la plus aifée, la plus naturelle ; celle qui emploie moins de notes; qui parle plus à l'ame, qu'elle ne lui chante ; qui ne cherche point à furprendre, mais à toucher; qui n'emprunte de l'art que ce qu'il lui faut pour donner un peu plus d'harmonie aux paroles. Voilà ce que c'est que la musique, & non pas ce travail du gosier, ces sonates vocales, ces vibrations forcées, ces tons aigus hors de la nature; ces flageolets modernes, qui sifflent les airs au-lieu de les chanter; & non pas ces roulades perpetuelles, qui agitent sans émouvoir; ces modulations artificielles, où la voix court après la musique.

En quelque accent qu'on parle à la nature, l'expression directe se fait toujours mieux sentir que la réfléchie. Le nombre des figures, qu'on présente à l'imagination, l'embarrasse, & lui fait perdre de vue l'objet principal. Un chant qui contient beaucoup des notes, renferme pour l'ordinaire peu de sens.

La vraie musique chante moins qu'elle ne déclame. Plus elle s'approche de l'accent naturel, & plus elle est sensible. Une preuve que l'expression naïve est la plus vraie, c'est que depuis qu'on fait de la musique composée, on a changé continuellement de mode; au-lieu que la simple n'a jamais varié. Le plein chant, ou chant Grégorien (seul monument qui nous reste de cette mélodie qui affecte l'ame sans la rendre malade) est un modele de perfection. Je suis toujours fâchée, Milord, contre notre Henri VIII, lorsque je fais réflexion qu'en se feparant de l'Eglife Romaine, il nous a privés de cette mélodie.

Les plus excellents maitres de mufique de nos temps modernes, n'ont rien compofé qui approche de la beauté de ce pfeaume, qui commence par ce mots : *In exitu Ifraël de Ægypto*. Il n'y a point d'ame, qui ne foit attendrie par cette mélodie, qui répond fi bien au fujet. Un *Salve Regina*, un *Pange lingua* dans le même mode font auffi touchants, pourvu qu'ils ne foient pas gâtés par ces accompagnements bruyants de violons, de baffes, de flûtes, de hautbois, qui ne manquent jamais de défigurer cette fimplicité, qui en fait le plus bel ornement ; car c'eft encore ici une feconde révolution de cet Art, qui a fait defcendre la mufique théatrale pour venir offenfer la divinité jufques aux pieds des Autels, & qui difpofe à toute autre chofe qu'à la dévotion. Pour moi, lorfque j'affifte aux *Oratorii* de ces Hôpitaux de Venife, établis autrefois pour la fubfiftance des pauvres, & devenus aujourd'hui le Magazin des grandes chanteufes à tambours, à timbales & trompettes, mufique tirée du bruit de la guerre, qui ne convient point au fexe en général, & encore moins au fexe cloîtré, comdamné par état au filence, au-lieu d'être touchée par ce mode qui infpire de la vénération pour les Hymnes deftinées à honorer la Religion : quand j'affifte, dis-je, à cette

musique, je me sens si gaie, qu'il me prend toujours envie, au milieu d'un *Salve Regina*, de danser le rigaudon, ou couler un menuet.

Les Pseaumes de Marcello, noble Venitien, sont
aussi un modele de perfection. C'est ainsi qu'il
faut chanter les louanges du Seigneur, & non
pas le deshonorer par cette musique profane, qui
fait de sa maison une scene enjouée. Le *Stabat
Mater* de Pergolesi seroit aussi un autre modele,
s'il y avoit un peu moins de musique.

Il est vrai, Milord, qu'une troisieme révolution
doit faire reprendre ses anciens droits à la musique; car lorsqu'on aura violé toutes les loix de
la nature chantante; qu'on aura rassasié toutes les
sensations; qu'on aura forcé tous les modes; qu'on
aura épuisé tous les goûts, il faudra bien qu'on
revienne à cette premiere modulation simple &
unie, que la nature a établi elle-même chez les
hommes.

Je suis &c.

LETTRE

LETTRE SECONDE.

DE VENISE, 1773.

Milord,

LEs Ballets Italiens ne font pas mieux que les Opera : peut-être même font-ils plus mal. Je voudrois vous donner l'hiftoire de la danfe nouvelle, comme je vous ai tracé de loin quelques endroits de la mufique moderne ; mais la pantomime à proprement parler, n'a point d'hiftoire : c'eft dans la revolution qui s'eft faite dans le chant, qu'il faut chercher fon origine (*a*). Elle fuivit le plan des ariettes. Lorfquon roula avec la voix, on voltigea avec les pieds. Dès que les violons eurent un mode précipité, les danfeurs eurent un mouvement irrégulier. C'eft le fort des Arts de fe gâter les uns par les autres, & de dégénérer enfuite tous à la fois.

(*a*) *On fent qu'il n'eft pas queftion ici de la danfe des anciens, dont tant d'Ecrivains ont parlé, & que fi peu d'Auteurs ont connue ; mais de cette danfe, qui s'exécute aujourd'hui dans plufieurs théatres d'Allemagne & d'Italie.*

Les François, qui ne se défirent pas de leurs airs soutenus, continuèrent à danser gravement. Ils s'attachèrent à ce qu'on appelle la belle danse. *La Camargo* avoit essayé de la gâter par des cabrioles & des tambourins; mais comme dans la musique ils ne voulurent point se défaire de cet air sérieux, la danse conserva son premier caractère.

La Sallé s'exprima avec beaucoup de dignité sur notre théatre (*b*). Elle déploya des graces, dont l'Angleterre se souvient toujours avec admiration. *Dupré* se distingua sur celui de Paris, & *Vestris*, qui le suivit de près, soutint l'honneur de la France dansante.

Pendant ce temps-là, les Italiens en dansant couroient après les notes qui s'étoient échappées de la musique, & se donnoient de grands mouvements pour les suivre. La plûpart s'estropierent à force d'agitation. Ils gambadèrent comme leur chant, & assortirent leur activité aux Ariettes, qui alloient par *sauts* & par *bonds*.

Cependant quelques-uns voulurent se former à cette belle danse, qui caractérise la françoise. Ils se rendirent au Magasin de l'Opera de Paris; car c'est-là le grand reservoir des graces dans cet

_____

(*b*) *Elle dansa pendant près de vingt ans en Angleterre.*

Art. L'Anny (c) devint le chirurgien de tous les pantomimes, qui avoient les bras estropiés ; mais après les leur avoir raccommodés, la cicatrice resta toujours ; car il étoit décidé que les Italiens n'auroient jamais ce port & cet air aisé, qui distingue un François sur le théâtre. Peut-être qu'outre la musique, il y avoit une raison de plus ; je veux dire que pour danser le vrai, il faut avoir un caractere franc, ce qui me fait ressouvenir d'un maitre de danse Allemand établi en Italie, qui disoit à ses Eleves : *siete troppo furbi per ballare il vero.*

Novere fut le premier qui chercha à mettre du nouveau dans l'art de cabrioler (d). Jusqu'à lui on avoit dansé avec les pieds : celui-ci voulut faire danser avec la tête. Pour préparer son siécle à la révolution qu'il préméditoit, il publia un livre (e) contenant les Principes de rendre les sentiments au son des violons.

(c) *Le premier & le plus ancien Maitre de Ballets de l'Opera de Paris.*

(d) *Avant lui on avoit fait de grands Ballets ; mais ceux-ci n'étoient pas si compliqués ni si suivis. Il composa des piéces entieres en danse, qu'il divisa en scenes & en Actes, & chercha de faire du pantomime un art suivi & méthodique subordonné aux régles du théatre à l'imitation des Anciens.*

(e) *Les Lettres de Novere sur la Danse.*

C 2

Ce livre est rempli d'esprit. Il n'y manque que du bon sens. En le lisant on ne peut s'empêcher de regarder l'Auteur comme un homme endormi au milieu de la Scene, qui fait un beau songe sur la danse, mais qui, en s'éveillant, ne trouve que de mauvais figurants pour remplir ses plus dangereux plans. Il est impossible de rêver plus profondément sur la légereté de la cabriole. Depuis les Romains cet art n'avoit pas été honoré de tant de savantes réflexions. Il y a une rhétorique qui, en saisissant la partie la plus haute de l'imagination, va finir dans les pieds. Son génie voltige continuellement autour de l'entrechat : c'est un phantôme dansant revenu d'un autre monde. Cet ouvrage est un saut périlleux fait dans le grand pantomime moderne. Il ne vise pas à moins qu'à changer la nature. Il veut que l'Acteur pantomime fasse sentir aux autres ce qu'il ne sent pas lui-même; qu'une émotion feinte produise l'effet de la véritable; que son visage représente tour à tour les différens mouvements du cœur. On diroit qu'il écrit pour des hommes sensibles. Pour représenter au dehors ce qu'il sent au dedans ; pour donner aux traits la teinture des passions, il faut avoir une ame, & les danseurs n'ont que des pieds.

Pierrot profita de l'enthousiasme qui s'étoit déjà glissé dans les esprits, pour donner de l'héroï-

me à la Scene pantomime. Il mit le Télémaque
en Ballet. Ce maître fit fervir au divertiſſement
du parterre de Paris (ƒ) un ouvrage fait pour
l'inſtruction d'un Roi. Toute la Cour de Calypſo
y danſe en perſonne. Elle-même ſe trémouſſe au
milieu de ſes Nymphes. On la voit deſcendre de
ſon rang de Déeſſe , pour ſe mettre à celui de
Danſeuſe. Un faux pas peut lui faire perdre l'im-
mortalité. Minerve y cabriole terre à terre pour
ménager ſa ſageſſe. Comme il faut ſauver le fils
d'Ulyſſe dans ce Ballet des amours d'Eucharis ,
& que l'Archevêque de Cambray ne trouva d'autre parti que celui de le précipiter dans la mer ;
le maître du Ballet fait élever un rocher dans le
fond du théatre , d'où Télémaque , en ſe lançant
dans les ondes , manque de ſe caſſer le cou pour
ne pas les trouver fluides.

Dès lors la métamorphoſe pantomime reſta toujours ſur la ſcene.

On donna ici, le Carnaval paſſé , ſur le théatre
de Saint Benetto, Didon abandonnée, où cette même
Didon, furieuſe d'être délaiſſée, après s'être démenée
comme une furie ſur le théatre , va ſe jetter en
pas de rigaudons dans un bûcher ardent. Paſſe pour
celui-là. Il eſt permis à un grand génie en danſe ,
qui veut peindre le deſeſpoir d'une amante aban-

(ƒ) *Repréſenté à la Comédie Italienne.*

C 3

donnée, de conftruire une ville de carton fur la
fcene, & d'y faire mettre le feu par un corps
de figurants, & d'y faire brûler fon héroïne, pourvu
qu'il ne brûle pas le théatre, & les fpectateurs.

Mais je vous avoue, Milord, que je fus fcan-
dalifée de voir, dans le fecond ballet, paroître Henri
IV. au milieu d'une troupe de figurants, fauter &
cabrioler comme un baladin. Je fus furprife, dis-je,
de voir ce grand Roi, fait pour honorer le gouvernement d'une nation célébre pendant fa vie,
divertir par des grimaces & des contorfions le parterre de Venife après fa mort. Je m'attendois à
voir paroître auffi le Duc de Sully, qui feul pouvoit faire un pas de deux avec Henri ; cet homme
grave, ce Miniftre integre, qui ne fit jamais un
faux pas dans le gouvernement : mais il y a apparence que le maitre de ballet ne le connoiffoit pas,
& qu'il échappa par-là à cette pantomime royale.

Au milieu des applaudiffements de cette danfe,
j'entendis un Italien faire ainfi l'éloge de ce Monarque : *Per Dio Bacco, Arrigo era un gran*
Principe. Quanto felici effer dovevano i Francefi,
quando avevano per loro Re un cosi bravo ballerino !

Il eft vrai que Henri IV, dans cette chafie,
cabriole avec beaucoup de force. Après une enfi-
lade d'entrechats, il fait un à plomb, qui lui attire
beaucoup de *bravo*.

Lorfqu'on tire un fujet de l'hiftoire pour le

mettre en ballet, il faut que les qualités du personnage qu'on y représente, soient analogues à celles qu'on lui connoissoit lorsqu'il existoit; sans quoi on le défigure. Or nous n'avons aucun trait dans les annales de ces temps-là, qui caractérise ce Prince par la danse. L'histoire nous le dépeint comme un brave soldat, un grand Capitaine, un bon Roi, & non point comme un danseur. J'aurois mieux aimé que l'Auteur eût choisi Louis XIV pour le sujet de son ballet : car ce prince dansa quelquefois lui-même sur le théâtre des petits appartements au son des violons, & fit souvent danser ses ennemis au bruit du canon.

Le maître du Ballet répondia que la chasse de Henri IV a été représentée sur le théâtre, d'où il l'a tirée ; mais je lui répondrai à mon tour, qu'un sujet mis en prose n'est pas toujours propre à être mis en danse ; que la langue a des droits sur tous les sujets, & que les pieds n'en ont que sur quelques-uns. L'expression vocale forme un sentiment ; la danse (quoi qu'on en dise) ne présente qu'une image : or toutes les images ne sont pas propres à être mises en tableau. C'est dans le choix des sujets, que consiste l'art du ballet.

Raphaël, qu'on peut regarder, si l'on me permet de m'exprimer ainsi, comme le premier maître de Ballets de l'expression pitoresque, n'eût pas été le premier peintre de son siecle, s'il n'avoit su

choisir ses sujets. C'est par-là qu'il excella , qu'il
fut Raphaël.

Voici d'autres réflexions à ce sujet. Le dessein
original d'une pièce en prose peut être mauvais,
& l'ensemble être bon ; parce que l'Auteur en le
remplissant d'épisodes, & des sentimens accessoires,
corrige le premier vice. Deux ou trois scenes in-
téressantes ajoutées , & presqu'étrangeres au plan
de la pièce , peuvent la sauver. Le maître de Ballets qui la rend , n'a point cet avantage. Comme
il est copiste , il faut qu'il se renferme dans le
cercle de la premiere intrigue. Si la piece représente une fête , il faut que son ballet danse une
fête. Si elle donne une chasse , il faut qu'il représente une chasse. Au lieu d'ajouter aux épisodes,
il doit en retrancher ; sans quoi son ballet devient
languissant. Ainsi on peut dire qu'il échoue par
l'endroit même où l'Auteur en prose a réussi. Et
je suis bien aise, Milord , de vous avoir fait faire
en passant cette remarque, qui échappe à presque
tous les maîtres de Ballets. C'est au contraire leur
grand cheval de bataille , lorsqu'ils ont dit que le
sujet de leurs ballets est tiré du théatre ; que la
piece appartient à M. de Voltaire , ou à quelqu'autre grand Auteur, ils croient par-là échapper
à la critique , que mérite leur mauvais choix.

Tant de sujets mis en pantomime sans en être
susceptibles, annoncent une plus grande révolution

dans la pantomime. Les profeffeurs, qui ne fe prefcrivent point de bornes, vont toujours au-delà de leur Art. C'eft alors que l'imagination, en s'élançant au-delà de la nature, franchit toutes les loix de la raifon & du bon fens. J'ai entendu parler d'un grand projet pantomime, qu'on nous annonce pour le Carnaval prochain. Un célèbre maître doit donner les Annales de Tacite en Ballet héroïque, où tout l'Empire Romain danfera. On y verra la fondation de Rome, la conquête de l'Afrique, l'affaire de Cannes, & la deftruction de Carthage exécutées en cabrioles. Hannibal & Scipion y danferont un pas de deux. Ce fpectacle fera terminé par la mort de Jules Cefar, qui fera tué par Brutus en cadence, qui expirera fur le théâtre au fon des violons, & où Ciceron, par des entrechats redoublés, parlera au Sénat avec beaucoup d'éloquence.

Si cette idée lui réaffit, il fe propofe de donner, la faifon d'après, le Triumvirat dans un pas de trois; fpectacle pantomime furprenant, qui décidera en gambades du deftin de l'Univers. Un grand danfeur, qui y jouera le rôle de Marc-Antoine, y fera à la fin un menuet avec la célèbre Madame Bineti, qui y repréfentera celui de Cleopatre, &c.

Si ces deux Ballets lui réuffiffent, & qu'ils ne foient pas fiflés par les hiftoriens du fiecle, il fe propofe de donner fur le même théâtre fix batailles rangées, où il introduira de l'Infanterie & de la

Cavalerie, commandées par un Polichinelle Napô-
litain, qui fera les fonctions de Général, &c. En
vérité, Milord, il est ridicule, dans un siecle rempli
de goût, comme le nôtre, de voir de pareilles fa-
tuités sur la scene. Je dis qu'on ne doit pas faire
danser les Dieux, les Rois & les Héros. Ces objets de la vénération publique ne nous doivent jamais être présentés sous des figures avilissantes.

Mais toutes ces pantomimes sont renouvellées
des Grecs. Un maître de Ballets modernes se pro-
pose de mettre en grand Ballet héroïque la derniere guerre de Flandre; où il donnera une ré-
présentation magnifique du Bataillon quarré de
Fontenoy, qui a manqué de changer le sort de
l'Europe : danse la plus glorieuse ainsi que la plus
hasardée de notre siecle; où l'Auteur du Ballet
cherche à recueillir les lauriers, qui échapperent
dans cette occasion aux Anglois & aux Hollandois.

Pour rendre sa pantomime plus intéressante, il
ménagera sur le théatre le Mausolée du Maréchal
de Saxe copié d'après celui de Strasbourg (g),
d'où il fera sortir le fantôme de ce grand Capitaine pour commander l'armée françoise pantomime : apparition instructive & nécessaire pour
former d'habiles généraux; race qui commence à
manquer entierement à l'Europe Il est vrai que

(g) Son Mausolée est dans cette ville.

depuis que les invasions se font sans coup férir, & qu'on voit de grandes conquêtes sans armée, on peut se passer d'eux.

Ce Ballet d'ailleurs sera rempli d'inventions & d'épisodes. Trois grandes nations y seront représentées dans la crainte & la frayeur, attendant leur destinée du sort de cette journée. On y verra dans le Ciel du théâtre une victoire, qui n'a point d'abord de couronne à la main ; mais qui après la rupture du Bataillon quarré, la tire de sa poche, & la présente à la France. Ici commence une pantomime furieuse, remplie de trouble & d'épouvante. Les Hollandois frémissent en dansant d'avoir payé tous les frais de la guerre. Et on juge par leurs grimaces & leurs contorsions, qu'ils ont résolu à l'avenir d'être toujours marchands, jamais militaires. Un second Ballet pantomime composé de Bretons sans trop se trémousser, annonce au parterre que c'est une *refait*, & que bientôt l'Angleterre prendra sa revanche.

On y verra dans l'éloignement une maison de campagne, où un grand Monarque attendra la fin de l'affaire pour fuir précipitamment, ou s'en retourner à sa Cour glorieusement.

Et pour que ce Ballet soit exécuté naturellement, on dit que les Anglois, qui mettent du tragique par-tout, feront tirer leur canon à balle. Il y a apparence que le maître du Ballet aura soin d'e-

vertir le public de la premiere repréfentation de
cette pantomime , afin que perfonne ne fe rende
au théâtre ; car de toutes les cataftrophes pour
un fpeſtateur, la plus funefte eft celle d'être tué
par un coup de Ballet.

Ce qui a gâté l'imagination de ces maîtres de
Ballets, c'eft qu'ils ont ouvert Lucien & Horace.
Ils fe font cru de grands hommes , parce qu'ils
ont lu de grands Ouvrages. Ils citent éternelle-
ment les Grecs & les Romains , qui ont mis les
premiers fujets tragiques fur la fcene pantomime.

Les anciens avoient des avantages fur nous ;
nous en avons fur eux. S'ils nous furpaffoient par
quelques endroits, nous leur fommes fupérieurs
en d'autres. Il eft certain que la faine philofophie
nous a fait laiffer toute l'antiquité bien loin derriere nous.

Pour juger fi un art , qu'on veut rétablir dans
le Monde , peut être utile au genre humain, il
faut remonter à fon origine. Les Grecs & les
Romains étoient déja perdus par un luxe prodigieux , lorfqu'ils donnerent au théâtre pantomime
cet air de grandeur & de magnificence , dont on
parle tant : or une dépravation dans la caufe d'un
Art ne peut produire qu'une autre dépravation
dans les effets. Le goût des anciens pour le théâtre naiffoit des vices mêmes , qui en raffinant
l'efprit , ne manquent jamais de corrompre le cœur.

On

On nous dit qu'ils pleuroient à leur pantomime. J'en fais bien la raison : c'est qu'ils étoient déja corrompus. Ils n'y euffent point pleuré au commencement de la République, lorfque l'image feule de la vertu les touchoit, & qu'ils n'avoient d'autre paffion que celle de la guerre. Lorfqu'on avance que les pantomimes plaifoient aux Romains, on ne veut pas dire par-là que les pieces fuffent plus intéreffantes ; mais feulement que ceux qui y affiftoient, s'y intéreffoient davantage. La fenfibilité d'un fiecle ne reffemble pas à celle d'un autre fiecle. Elle tient aux mœurs, aux ufages, à notre maniere de penfer, à la religion, & à la politique de l'âge dans lequel on vit. Or nous ne reffemblons point aux Romains par aucun de ces endroits. Il falloit que ce peuple fût agité par quelque fpectacle. Lorfqu'il n'eut plus de part au gouvernement, on le vit fe déclarer pour le théatre. Alors il fe décida pour un Acteur, comme il s'étoit decidé autrefois pour les affaires d'Etat. On peut juger de la paffion des Romains pour les fpectacles par les deux factions, qui fe formerent des bleux & des verds qui mirent fouvent en danger la Répuplique, ce qui prouve plutôt une démence pour le théatre, que l'établiffement d'une école pour s'inftruire. L'hiftoire nous a laiffé un monument de cette corruption. Les Athéniens dépenferent plus pour la repréfentation de trois tragédies de Sophocle, qu'il

ne leur en avoit coûté pour la guerre du Peloppo-
nefe. Je dis , Milord , qu'un gouvernement réglé
ne prodigue pas dans un fpectacle une fomme plus
grande , que celle qu'il faut pour fauver la République. C'eft chercher à rétablir les régles des
vices, & vouloir devenir grands par l'endroit
où les Romains étoient petits. Pourquoi prendre
les fiecles corrompus pour nous fervir de guide
dans un Art qui a été défiguré prefqu'en naif-
fant , & qui fert lui-même d'époque à la décadence
de ce peuple ? Avons-nous befoin des anciens
pour fuivre les loix de la nature ? Faut-il con-
fulter les Romains pour favoir qu'elle nous
donna la langue pour exprimer nos paffions, &
les pieds pour nous tranfporter d'un lieu à un
autre; que l'une eft le miroir de nôtre ame, &
l'autre feulement une faculté agiffante ; que tous
les mouvements irréguliers , que la danfe lui donne , lui fon étrangers ? Croyons-nous nous rendre
excufables de changer cette même nature , parce
que les anciens l'ont méconnue ? A quoi nous
fervent les connoiffances que nous avons acqui-
fes , fi nous confervons toujours les préjugés des
anciens ?

Si nous voulions faire renaître tous leurs éta-
bliffements , nous remplirions le monde d'obfcé-
nités. Je ne parle point de leur politique, qui
remplit la terre de crimes , mais des leurs diver-

tissements, qui donnerent à l'Univers le spectacle
de leur cruauté. Il n'y avoit rien de si frappant
alors que leurs Amphithéatres. Voir manger des
hommes par des bêtes étoit un grand divertissement. Le combat des Gladiateurs formoit chez
eux un spectacle superbe. Les Dames y assistoient,
comme elles assistent aujourd'hui à l'Opera. Cette
inhumanité étoit dans ces temps si autorisée, que
Trajan, le plus sage des Empereurs, y sacrifia un
grand nombre de mortels. Si nous voulions, dis-
je, suivre les Romains dans leurs divertissemens,
& dans leurs usages, nous ferions des choses
horribles, qui deshonoreroient notre génération.
On sait qu'ils prêtoient leurs femmes à d'autres
pour avoir des enfants. Cela même étoit parmi
eux très-honorable ; chez nous c'est toujours une
prostitution qui fait horreur.

Je n'entrerai point ici, Milord, dans la fameuse
dispute, si les anciens pantomimes s'exprimoient
seulement par les gestes ou simplement par la
danse. On a prétendu prouver que c'est par
cette derniere , & moi je prétends prouver
que c'est par la premiere , car dans une question, où il n'y a point de preuves de part &
d'autre, l'assertion qui nie est égale à celle qui
prouve. J'ai même une raison de plus pour le
croire ; c'est que nous avons un monument de
celle-là, au lieu qu'il ne nous en reste point de

celle-ci. Les Anglois donnent des pieces fuivies & développent des intrigues très-compliquées fur leur théatre, fans former aucun pas de danfe : or cette pantomime Bretonne m'a bien l'air d'être en grande partie celle des anciens ; car d'où l'au-roient-ils prife ? qui eft-ce qui leur auroit enfeigné de parler fans la langue ? On ne devient pas ainfi muet fur la fcene, fans avoir appris à le devenir. Il eft bien plus aifé à un homme ou à une femme de dire je vous aime, que d'aller chercher cette expreffion dans les tours des jambes, qui n'étant pas faites pour exprimer l'amour, ne doivent pas le rendre.

J'ai encore une feconde raifon à alléguer en faveur de la pantomime fimple ; c'eft que l'entre-chat, qui eft aujourd'hui la plus haute expreffion de la danfe, n'étoit pas encore inventé, ou du moins perfectionné. Il eft à préfumer que les pre-miers pantomimes des anciens ne danfoient pas mieux que nos figurants d'aujourd'hui, qui avi-liffent plus la danfe qu'ils ne l'honorent ; ce qui fuppofe que cet art dans fa plus haute perfection de leur temps n'étoit guere qu'une articulation gefticulée, où le vifage & les bras avoient plus de part que les jambes.

On a prétendu fans de meilleurs fondemens que tout ce qu'on fait en mouvant le corps en cadence eft une danfe. En ce cas-là les Soldats

du Roi de Pruſſe ſont de célebres danſeurs ; eux
qui marchent en meſure au bruit des timbales &
des trompettes , qui tournent à droite & à gauche ,
& font l'exercice au ſon du tambour. Lorſqu'on
ne diſtingue pas le mouvement ſimple du compoſé ,
on confond l'ordre des choſes & celui des idées·
Alors on ne met aucune différence entre une marche
& la danſe. Le jugement de Paris cité par Apulée ,
dont nos maîtres de Ballets s'autoriſent tant , ne
forme qu'un préjugé. Venus , qui , en ſe préſentant
ſur la ſcene , marche en cadence , fait des geſtes ,
& meut la tête au ſon de la flûte , n'eſt pas plus
pantomime que nos pieces en proſe , où nos actrices entrent & ſortent de la ſcene dans un mouvement réglé. Si Mademoiſelle Clairon étoit née
du temps des Romains , on n'eût pas manqué de
la mettre au rang des premieres pantomimes , elle
qui exprime tant avec les yeux , les geſtes , &
les attitudes : cependant je doute qu'elle ait jamais
fait un coupé ou un chaſſé battu.

On trouvera peut-être que je dis ici des choſes
nouvelles ; mais ſi elles ſont vraies , elles ſont
très-anciennes (*h*).

Si on veut rendre la danſe moderne utile à nos
mœurs , il faut la rapprocher de nos manieres ,

_____

(*h*) Ceci eſt contraire à preſque tous les Auteurs
qui ont écrit juſqu'ici ſur la danſe pantomime.

fur-tout perdre de vue Rofcius, Pylades, Batylde
& tous les autres grands grimaciers des premiers
fiécles , qui , avec tout leur talent, feroient très-
déplacés fur nos théatres modernes ; parce qu'en
voulant nous jouer , ils repréfenteroient des gens
d'un autre Monde ; car des anciens à nous il y
a la même différence , qui fe trouve entre nous
& les morts. Il ne faut qu'un peu de bon fens
pour juger que ce qui convenoit aux fpéctateurs
de ces temps-là , ne convient point à ceux d'aujourd'hui. On regrette les ouvrages pantomimes de
Pylades dévorés par le temps : j'ofe dire que ce
n'eft pas une perte pour le genre humain. Il eût
peut-être été à fouhaiter que ceux des autres Auteurs , qui ont parlé de la danfe ancienne , cuffent
eu le même fort. Peut-être que fans eux tant d'hommes à talents , qui fe font affervis à leurs loix ,
auroient été plus utiles au théatre. Nous aurions
eu dans nos Ballets moins de fpectacle , mais plus
d'unité. Au lieu de danfer à l'imagination , on
eût danfé à la nature. On a cru que la poétique
d'Horace pouvoit fuppléer à ce qui nous manque
fur la danfe des anciens. Peut-être que du temps
de cet Auteur , fon ouvrage auroit pu s'accorder
avec le génie pantomime de fon fiécle ; mais il
eft certain qu'il ne convient point au nôtre. Une
danfe faite fur le plan de la poétique de cet Auteur célebre feroit ridicule.

On ne fauroit établir des regles immuables fur l'expreſſion pantomime. Cela dépend trop d'un certain arrangement des cauſes accidentelles, ou, pour mieux dire, de ce cercle dans lequel l'humanité tourne fans ceſſe. La véritable danſe pantomime eſt celle qui ſuit l'ordre progreſſif de nos paſſions, & qui ſaiſit l'état actuel de notre ame.

D'ailleurs, quand nos mœurs s'accorderoient avec celles des Romains, ce feroit une grande queſtion de ſavoir ſi nous pourrions remettre le théatre pantomime au niveau des anciens. Lucien (puiſqu'il faut citer cet Auteur) en nous marquant la réunion des talents qui doivent entrer dans la pantomime, nous dépeint plutôt des ſavants que des danſeurs. Il dit en termes exprés, que le pantomime doit avoir de grandes connoiſſances : ſelon lui il faut qu'il ſoit peintre, philoſophe, hiſtorien, muſicien, géométre ; ce qui pourroit faire croire que cette profeſſion tenoit alors à pluſieurs autres, & qu'elle étoit quelque choſe de plus qu'une ſimple repréſentation. Il n'eſt pas naturel de penſer qu'on joignit tant de qualités & de talents à un Art, qui n'avoit d'autre objet que celui de divertir pendant quelques heures des ſpectateurs.

Il pouvoit ſe trouver alors (i) des Acteurs par-

_____

(i) *Long-temps aprés que la République Romaine*

faits dans tous ces genres : en voici la raison ,
c'est que l'éducation des anciens étant commune ,
les derniers de la République étoient en état de
se distinguer comme les premiers. Au lieu que
nous avons trois sortes d'éducation , celle des
grands , celle des Citoyens , & celle du peuple.
Cette derniere est si negligée , qu'il est rare d'en
voir sortir de grands hommes. Et tous nos danseurs sont tirés de celle-ci.

Nos Maitres de Ballets sont forcés de convenir
de tout cela. Cependant ils voudroient que la
pantomime intéressât notre siecle , comme celle
des Romains intéressoit le leur. Ils savent qu'ils
marchent sur un terrein sec , inégal , peu fertile ,
& qui ne produit que de mauvaises plantes pantomimes , & ils s'opiniâtrent à le cultiver. Ils
voudroient défricher un pays qui ne porte point
la gerbe de la bonne danse ancienne , dont ils se
disent les modeles.

Depuis deux mille ans cette maniere de s'exprimer par la danse s'étoit perdue , ainsi que la nature
de la chose le demandoit ; car les Romains n'étant
plus , leurs pantomimes ne devoient plus être. C'est
le sort de tous les Arts analogues aux siecles
qui les ont vu naître , & qui finissent avec eux.

___

fut corrompue , plusieurs anciennes maximes & établissements subsisterent.

Il ne faut pas croire que ce fut faute de lumieres, que la pantomime des anciens fe perdit. Le fiecle des Medicis, qui produifit de grands hommes dans tous les genres, & celui de Louis XIV, qui donna des Philofophes à l'Europe & des Artiftes aux différentes Nations, n'auroit pas manqué de porter l'émulation dans cette partie de l'expreffion, fi elle en eût été fufceptible : mais n'étant pas rélative à nos mœurs, on la laiffa périr, ainfi que tant d'autres qui ont eu le même fort. Il eft étonnant que quelques hommes obfcurs, fans autre génie que celui de leur profeffion, aient pu imaginer que l'Univers attendoit après eux, pour éclairer le monde pantomime, & qu'eux feuls aient vu ce que les fiecles les plus éclairés ne virent point.

Les grands changements qui fe font faits dans la danfe, ont porté prefqu'en entier fur le genre héroïque. Les fauts & les gambades ont formé la révolution. Il eft furprenant que les mouvements de la nature aient été employés pour repréfenter fur notre théatre les perfonnages les plus graves de la terre. On a donné en pantomime *Hypermeneftre*, *Agamemnon*, *Medée*, *Jafon*, *Admet*, *Galathée*, *Orphée*, *Euridice*, *Atalante*, *Hipomene*, *Renaud*, *Armide*; *la mort d'Hercule*, *le Jugement de Pâris*, & cent autres que je pourrois vous nommer.

Le Parnasse & les Mufes (*k*) ont cabriolé à leur tour. Les vertus & les Arts ont passé l'entrechat. On a fait danser toutes les Divinités du Ciel, & tous les Héros de la terre. Rien n'a échappé au délire pantomime. Proserpine elle même n'a pas été sûre dans les Enfers (*l*). Les maîtres des Ballets l'ont arrachée de ces lieux sombres pour la faire gambader sur le théâtre.

Puisque la fureur pantomime les agitoit, ils n'avoient qu'à saisir les endroits foibles de la vie humaine ; ces tableaux qui en mettant en ridicule les défauts des mortels sont toujours des instructions pour les hommes dans quelques miroirs qu'on les leur présente.

Pourquoi ne pas mettre en danse le bas comique au lieu du grand tragique ? Ne seroit-il pas plus glorieux pour ces Maîtres d'être de bons Molieres que de mauvais Corneilles ? *Les précieuses ridicules*, *la Serenade*, *l'Ecole des femmes*, mises -en pantomimes, seroient des sujets admirables il s'agiroit de les bien remplir. Les pieces de Regnard sur-tout fourniroient de bons modeles. Le Joueur, les Menechmes, le Légataire universel, le Philosophe amoureux, seroient pour eux des champs inépuisables d'une école morale en danse.

(*k*) *Le Ballet des Mufes.*
(*l*) *L'enlevement de Proserpine mis en danse.*

Puisque ces maîtres copient les pieces qu'on met tous les jours sur nos théatres , pourquoi ne pas choisir celles qui y ont réussi , & dont l'approbation est générale ? Il est certain que ces modeles là-dessus valent mieux que ceux d'aujourd'hui. D'ailleurs ils seroient nouveaux, lorsqu'on les feroit paroître dans un nouveau goût. *Le préjugé à la mode* mis en danse par un Maître intelligent, seroit plus intéressant que le *Ballet de l'amant déguisé* (*m*). Les sourberies de Scapin exécutées en pantomime vaudroient mieux que les Blanchisseuses de Cytere (*n*).

Le théatre comique Anglois, François, & Italien fourniroient d'autres bons modeles. Arlequin pantomime dans l'Empire de la Lune seroit plus instructif pour le public , qu'Arlequin qu'on fait voyager en dansant dans le Royaume d'Angleterre. Un Ballet de Maltôtiers vaudroient mieux que celui qu'on a donné des matelots (*o*).

Pourquoi ne pas mettre sur la scene le célebre Chevalier Espagnol (*p*) défenseur du beau sexe, qui en courant le monde pour chercher des aventures galantes, faute d'hommes se bat contre des

---

(*m*) *Il y a un Ballet de ce nom.*
(*n*) *Ballet du même nom.*
(*o*) *Il y a un grand Ballet des Matelots.*
(*p*) *Ce sujet a été déja mis en danse ; mais il a été mal mis.*

moulins à vent. Dom Quichotte, Sanso Pansa & sa fameuse Rossinante (q) pourroient former un beau pas de trois, d'autant plus que c'est assez ordinaire sur notre théâtre de faire danser des bêtes avec les hommes.

Gilblas, devenu Médecin, & qui se bat avec le petit Docteur Coquillo pour défendre la doctrine de son Maître Sangrade, seroit un Ballet plus intéressant que celui des divinités. Vingt figurants travestis en malades, les uns représentant des éthiques, les autres, des hidropiques, ceux-là fiévreux, ceux-ci sans fièvre, & qui seroient tous guéris par la vertu spécifique de l'eau froide, qui n'a pas bouilli, que le Maître de Ballets leur seroit boire à longs traits sur la scene, composeroient un Ballet instructif. Il feroit voir du moins le vuide d'une profession qui, ayant été établie pour allonger la vie des hommes, contribue elle-même à la raccourcir par le charlatanisme de ceux qui l'exercent. Le Diable boiteux mis en danse pourroit redresser aussi quelque faux pas de la société civile.

Mais la pantomime s'est tournée d'un autre côté : elle a embrassé des morceaux qui n'étoient pas de son ressort, ce qui a gâté l'expression. Au
lieu

_____

(q) On a souvent introduit sur la scene pantomime des chevaux de bois qui ont dansé.

lieu de faire cabrioler sur nos théatres des Chinois,
des Tartares, des Indiens, des Maures, des Afri-
quains, des Grecs, des Turcs, des Arabes, des
Arméniens, il faudroit y faire paroître en danse
les différentes nations de notre continent. Du moins
ces Ballets serviroient à nous représenter les différents ajustements des peuples qui vivent au milieu de nous (r) ; ce qui contribueroit à nous
les faire connoître ; car l'habit décele toujours le
caractere.

Mais s'ils ne savent pas habiller leurs Pantomimes, ils savent encore moins marquer les pas que
chaque natinon doit former. Si je faisois un grand
Ballet de l'Europe, je ferois exécuter les danses
gracieuses & légeres aux François ; les graves &
soutenues aux Espagnols ; les bizarres & inégales
aux Anglois ; les surprenantes aux Russes, les militaires aux Prussiens ; les pesantes aux Suisses ; &
les tristes aux Hollandois. Je réserverois l'à plomb
pour les Allemands ; la cabriole pour les Italiens ;
les pas imprévus pour les Suédois ; &, s'il y avoit
quelques sauts périlleux, je les ferois exécuter par
les Polonois.

J'éviterois les danses confédérées, sur-tout les

_____

(r) *La plûpart des Maîtres de Ballets étudient
les habillements des Orientaux ; mais ils ne connoissent presque point ceux des peuples de nos conti-
nents. Ils seroient fort embarrassés, si on leur demandoit un Ballet Breton, &c.*

pas de trois ; car, lorſque dans les grands Ballets
politiques, il n'y a que trois nations qui danſent
bien, il faut que toutes les autres danſent mal,
& alors la cataſtrophe ſe place d'elle même à la
fin de la pantomime.

Au reſte, ſi les grands Deſſinateurs de Ballets
ſont hors de la nature, ceux qui les exécutent
ne le ſont pas moins. Leurs talents ſe réduiſent
à celui de la cabriole. Il n'eſt plus queſtion de
danſer ; il s'agit de s'élever. Il y a un but où
chacun doit atteindre. Celui qui approche le plus
près du Ciel du théatre, paſſe pour le plus célèbre. Tout ſe réduit aux tours du force & à
gambader long-temps ſans prendre haleine. Comme cette école a ſon émulation ainſi que les autres, on en voit ſortir tous les jours des Danſeurs
doués d'un grand talent ; c'eſt-à-dire très-nerveux.
On nous a parlé ici d'un célebre pantomime hiſto-
rique, qui pour faire voir au public la force de
ſon jarret, ſe propoſe dans un grand Ballet héroïque, après avoir fait deux cent entrechats &
autant de tours de jambe, de tomber en à plomb,
ſur le pied droit, où il reſtera pendant huit minutes en équilibre, afin de donner tout le temps
au parterre de battre des mains.

Le Roi de Pruſſe, qui nomme chaque choſe
par ſon nom, appelle ces grands hommes des
Danſeurs de corde. Pour moi, lorſque je les

vois faire leurs fauts périlleux , j'ai toujours peur qu'ils ne fe caffent le cou. Mon appréhenfion eft d'autant plus fondée , que j'ai eu le malheur d'af-fifter à la repréfentation d'un grand Ballet héroï-que , où une divinité , en faifant un effort panto-mime , prit fi mal fa bifque , qu'elle fe précipita dans l'orcheftre , où elle brifa cinq ou fix inftru-ments , dérangea autant de perruques , & renverfa un joueur de violon , qu'elle manqua de tuer au lieu de fé tuer.

Le fujet d'un Ballet ne doit pas être trop compli-qué. Dès qu'il faut que l'imagination coure après une intrigue danfante , elle fe laffe. Cet Art , quoi qu'on en dife , fut fait pour diffiper , jamais pour appliquer. Lorfqu'une pantomime eft remplie d'é-pifodes & d'événements étrangers , elle devient une énigme. Voyez , Milord , s'il ne faut pas être for-cier pour deviner le fujet de ce Ballet.

Il eft queftion d'abord de repréfenter un lieu agréable fur la fcene , au bord de la mer. Or un lieu agréable peut fervir à plufieurs repréfentations. Auffi le Spectateur , au moment qu'on tire la toile , ne fait pas à quoi ce lieu agréable eft deftiné ; ce qui le laiffe indécis fur le fujet du Ballet.

Une troupe de danfeufes fe préfente fur le théatre. A leur apparition on pourroit leur deman-der ce qu'elles viennent y faire , car perfonne n'en fait encore rien. Par leur habillement on pourroit les soupçonner Grecques : mais ce n'est qu'un doute, car la plûpart des ajustements asiatiques sur le théatre se ressemblent. Au milieu de celles-ci il s'y glisse une jeune personne habillée aussi à la grecque, & qui doit être du même sexe ; car elle n'a point de barbe. A son entrée sur la scene elle s'intrigue beaucoup auprès d'une autre jeune danseuse ; & l'une & l'autre, par des gambades & des entrechats amoureux, paroissent dire au parterre qu'elles s'aiment ; mais personne n'est touché de cette singuliere passion, qui entre deux jeunes filles ne mene à rien.

On apperçoit en même temps de loin une mer, sur laquelle un vaisseau paroît, & qui fait voile pour la Scene. Qu'est-ce qu'il vient faire là ? c'est ce que le Spectateur ignore encore : cependant il ouvre de grands yeux, & le suit de près. Il arrive aux portes du théatre. L'équipage débarque & se saisit des Grecques. La jeune danseuse, qui est sortie la derniere des coulisses, fait beaucoup de pas coupés pour leur échapper, & semble vouloir conduire dans sa fuite la danseuse à laquelle elle est attachée. Au milieu de ce Bagard une autre troupe de matelots paroît, & se bat avec la premiere pour leur arracher ces grecques, qui deviennent tantôt la victime de l'une, & tantôt la proie de l'autre. Elles expriment par beaucoup de sauts périlleux le danger où elles se trouvent.

Cependant les deux troupes ennemies se réconcilient. Il est question entre elles d'une négociation : le traité de paix est signé en gambades. Elles se partagent les jeunes Grecques, qui font toujours semblant d'avoir grand peur ; mais qui n'en ont guere, car elles dansent pendant ce temps-là très-gaiement.

A peine cet arrangement est fait, que le Ciel du théatre s'obscurcit. Il semble qu'il va pleuvoir sur la scene. La foudre gronde : elle étonne & frappe par son bruit. Elle eût bien fait plus d'impression, si le maître du Ballet l'eût fait danser.

On apperçoit du côté de la mer une grotte, où les deux troupes se retirent pendant l'orage ; où elles se livrent à la débauche. Elles en sortent à moitié yvres pour témoigner leurs contentements par des gambades ; mais lasses & fatiguées par leurs sauts & leurs bonds, elles tombent dans l'assoupissement, & s'endorment. A peine sont-elles dans le premier sommeil, qu'un jeune enfant paroit sur la scene. Il est joli comme l'amour, mais en assez mauvais équipage : on diroit qu'il est mouillé, & qu'il meurt de froid. Il voltige & fait quelques gambades enfantines apparemment pour se réchauffer, & revient à la danseuse, qui est sortie la derniere des coulisses, sur le sein de laquelle il va se coucher au grand scandale du parterre, qui trouve cet enfant bien indécent. Il conseille aux

E 3

grecques, qui sont toujours enchaînées, de rompre leurs fers, & s'enfuir avec lui. Pour exécuter ce dessein, elles s'élancent sur les matelots endormis & les tuent : mais il faut qu'ils ne soient pas bien morts ; car après avoir été assassinés dans les bras du sommeil, ils se levent, dansent, & s'enfuient. L'enfant s'enfuit aussi, & va se cacher ; car il semble qu'il vient de faire un mauvais coup. Les grecques délivrées le cherchent par-tout. Elles le découvrent derriere un rocher, & le ramenent sur la scene, où elles commencent plusieurs danses pour le remercier. Au milieu de ces danses on entend un coup de sifflet. Aussi-tôt le rocher est changé en un char de triomphe, où monte le jeune enfant. En se plaçant sur celui-ci il a soin de lancer un petit dard à la jeune grecque, qui n'a pas plutôt reçu le coup, qu'elle se tremousse d'une étrange maniere, & semble prête à mourir.

Les autres danseuses accourent aussi-tôt à son secours pour la consoler du coup qu'elle a reçu, qui a été néanmoins si petit, qu'il n'auroit pas pu tuer une mouche.

Ici la décoration change de nouveau. Il n'est plus question d'une grotte. Le théâtre représente la place d'une ville, où beaucoup de peuple paroît se réjouir de l'arrivée de toute la compagnie dansante. De vous dire pourquoi ces peuples se réjouissent de ce retour imprévu, c'est un secret que cette danse pantomime ne dit point, & que le maître du Ballet garde *in petto*. A la suite de beaucoup de compliments de part & d'autre, faits en danse, on fait le préparatif d'une noce.

Enfin, Milord, pour vous tirer d'embarras (car je fuis fûr que ce Ballet vous en aura caufé un) ce Ballet repréfente le triomphe de l'hymen, (¹) qu'il faudroit nommer le triomphe de la folie. La jeune danfeufe eft Hymen lui-même travefti en femme, amoureux de Crifeis Les deux vaiffeaux, qui paroiffent fur la fcène, font des Corfaires. Toutes les figurantes font des Athéniennes. Le combat qui fe donne entre les pirates, c'eft pour favoir qui les poffédera. La grotte, qu'on voit dans le fond du théatre, a été ménagée pour y faire retirer ces pirates, afin qu'ils s'y endorment pour les tuer. Le petit enfant, tout mouillé & tranfi de peur, eft l'amour lui-même. Or vous pouvez déchiffrer tout le refte ; car avec l'amour un pantomime peut faire tout ce qu'il veut.

Il eft vrai que les maîtres de Ballets, qui mettent beaucoup d'intrigue dans leur deffein, & qui les rempliffent d'événements étrangers, font imprimer de petits livres hiftoriques, qui ne contiennent point d'hiftoire, pour inftruire les fpectateurs. Je ne fais quel effet ces imprimés font chez

(¹) *Les Fêtes de l'hymen.*

les antres ; mais pour moi , il me semble qu'on
me dise , en me les présentant : Madame , je vous
avertis d'avance que vous n'entendrez rien à cette
pantomime ; mais tenez voilà un petit livre , qui
vous mettra au fait. Lisez-le ce petit livre , &
vous saurez de quoi il est question. Il vous ap-
prendra à voir le Ballet : sans lui il est impossible
que votre imagination toute seule puisse démêler
tant d'objets. C'est comme si un peintre , qui auroit fait un tableau , en me le montrant , me pré-
sentoit une paire de lunettes pour le voir.

Je dis , Milord , que lorsqu'il faut avoir un
livre à la main pour voir ce qui se passe sur la
scene , on y est étranger. C'est à l'esprit à juger , &
non pas aux yeux : or, pour juger, il faut connoître

La pantomime ne nous doit présenter que des
sujets connus , où l'imagination n'a pas besoin de
travail pour les développer. Il faut les prendre dans
la nature , & non pas dans les annales.

L'histoire n'est point une science universelle.
Il n'y a qu'une classe particuliere de savants , qui
s'y adonnent. Sur cent spectateurs , à qui on présente un Ballet historique , il n'y en a pas dix
qui le connoissent. Or, s'ils ignorent le corps général
de l'histoire d'où le sujet est tiré , on aura beau
le leur expliquer dans un programme , ils n'y en-
tendront rien.

On a cru se disculper de cette erreur pantomime

lorfqu'on a dit, que les anciens mettoient fur leurs théatres de grands morceaux hiftoriques. Mais nous fommes modernes : c'eft vouloir nous rendre trop antiques que de chercher à nous affujettir à des regles théatrales, qui ne fubfiftent plus, & qui par la nature des chofes ne fauroient fubfifter.

On peut dire à l'égard du génie des anciens, ce que j'ai dit de leur éducation. Le monde des Romains, fi on en excepte les efclaves, n'avoit guere qu'une claffe de Citoyens. Les poëmes & les grands morceaux hiftoriques une fois connus l'étoient de tous. Il n'en eft pas ainfi de notre fociété. générale compofée d'une infinité d'ordres & d'états, qui forment chacun un monde à part. On peut regarder le parterre d'un théatre Européen comme un petit Univers rempli de nations & de peuples différents, dont les mœurs & les manieres font diamétralement oppofées : or, pour effecter cette univerfalité d'humeurs & de génies, il faut lui préfenter des fujets tirés de la nature, que tout le monde entend, & non point des tableaux particuliers, que peu de gens connoiffent.

En un mot, l'Auteur qui fe deftine au théatre, doit avoir en vue le public & non une partie du public. La fcene eft un rendez-vous général, & non point une Académie particuliere. Si je devois placer quelque infcription fur la porte d'un théatre,

J'y mettrois celle-ci : *l'école publique, où chacun doit s'instruire pour son argent.*

Mais nos maîtres de Ballets font précisément tout le contraire. Pourvu qu'ils plaisent aux Princes & aux Cours, qui les appellent ; pourvu qu'ils se rendent agréables aux grands, qui les prônent, ils ne s'embarrassent pas du reste des mortels. Ils regardent le parterre comme le très-humble domestique du théatre, à qui ils font faire souvent dans leurs pieces une longue antichambre.

Cependant vous pourriez imaginer, Milord, que ces programmes développent le sujet d'une pantomime, point du tout : c'est une énigme ajoutée à une autre énigme. Dans la mort d'Hercule, où le maître prévoit l'embarras où le Spectateur va se trouver, il le prévient par ce trait d'histoire :
,, Hercule, dit-il, après avoir fait un grand
,, nombre de conquêtes, & tous les travaux
,, qu'Euristhée lui avoit ordonnés, devint amou-
,, reux de Jolé, fille d'Eurite. Ce Prince la lui
,, ayant refusée, il subjugua l'Orchalie, enleva
,, cette jeune Princesse & tua le Roi son pere.
,, De retour de cette expédition, il envoya Lycas
,, pour chercher des habits de cérémonie, dont
,, il avoit besoin dans un sacrifice qu'il vouloit
,, faire à Jupiter. Déjanire, femme d'Hercule,
,, jalouse de l'amour de ce Héros, lui envoya
,, avec ses habits, la Robe du Centaure Nesus,

„ qu'Hercule avoit tué d'un coup de flèche em-
„ poisonnée , lorsqu'il vouloit lui enlever sa
„ femme Déjanire. Nesus en mourant avoit fait
„ croire à cette Princesse , que cette robe auroit
„ la vertu de lui rendre la fidelité de son Epoux ,
„ dont elle craignoit même alors l'innocence.
„ Mais Hercule porta avec cette Robe le poison
„ du sang de Nesus, qui circuloit dans ses veines.
„ Ce Héros en fut dévoré. La fureur s'empare
„ de son ame; il déchira ses vêtements, déracina
„ les arbres , jetta dans la mer le malheureux
„ Lycas, prépara son bûcher, ordonna à Phi-
„ locrete d'y mettre le feu. Jupiter le plaça dans
„ le Ciel , dès que le bûcher fut consumé , &
„ Déjanire, instruite du fatal effet de la vengeance
„ de Nesus, se tue de désespoir. Voilà le pro-
„ gramme : Voici le Ballet.

„ Un bruit de guerre se fait entendre; une
„ foule de peuple annonce le retour d'Hercule.
„ Il paroît sur un char traîné par des Esclaves des
„ différentes nations qu'il a vaincues. Ses com-
„ pagnons annoncent ses victoires par les tro-
„ phées qu'ils portent. Jolé entraînée est conduite
„ par des lutteurs. Philoctete & Hilus sont assis
„ sur le char aux pieds d'Hercule.

„ Déjanire paroît accompagnée de ses femmes ,
„ & elle se jette dans les bras de son époux.
„ Les captifs d'Hercule tombent au pieds de Dé-

„ janire , & lui préfentent les différents tributs
„ de leurs climats. Ils l'implorent pour leur li-
„ berté. Ils font dégagés de leurs fers.

„ Les lutteurs combattent. Le prix de la vic-
„ toire eft une peau de tigre , que le vainqueur
„ reçoit des mains d'Hercule. Il exprime fon
„ triomphe danfant. Les peuples lui préfentent
„ des couronnes. Le prix de la danfe eft difputé;
„ c'eft un tirfe d'or : une Efclave Theffalienne
„ l'emporte. Hercule dans un pas de trois avec
„ Jolé & Déjanire , la préférence qu'il donne à
„ cette jeune Princeffe jette des foupçons dans
„ le cœur de Déjanire ; à ce pas de trois fe
„ joignent Hilas & Philoctete : mais la jaloufie
„ qu'Hercule témoigne contre fon fils , amant
„ préféré de Jolé , augmente encore celle de Dé-
„ janire & la confirme : elle quitte la fcene en
„ peignant fa fenfibilité & fa douleur. Philoctete
„ alors tâche de ramener Hercule à fon devoir.
„ Il l'engage à céder Jolé à Hilus. Après un
„ combat entre l'amour & la gloire , celle-ci
„ triomphe de la foibleffe d'Hercule. Il préfente
„ la Princeffe à fon fils , & il fe retire avec
„ Philoctete , craignant de fuccomber encore
„ aux charmes de la beauté. Ici Hilus & Jolé dan-
„ fent un pas de deux.

„ La fcene change. La décoration repréfente
„ une partie des jardins du palais d'Hercule.

„ Déjanire

,, Déjanire danse seule son entrée , qui doit
,, être un monologue, & annonce l'inquiétude
,, & l'agitation de son cœur accablé par ses
,, soupçons : elle se laisse aller sur un lit de
,, gazon.

,, Junon , poursuivie par la jalousie , traverse le
,, théatre sur un char : elle ordonne à la jalousie
,, de tourmenter Déjanire & de troubler par-là
,, le bonheur dont elle va jouir avec Hercule.

,, La jalousie, armée de son poignard & des
,, serpents , descend des airs , souffle son dange-
,, reux poison. Déjanire en est atteinte. Tour-
,, mentée par un rêve affreux , elle peint par les
,, mouvements de son corps & de sa phisionomie
,, l'agitation de son ame , & toutes les impressions
,, qu'elle reçoit de la passion qui la trouble. La
,, jalousie disparoît ; Déjanire s'éveille avec pré-
,, cipitation. Son action peint les tourments de
,, son cœur. Elle appelle : ses suivantes paroissent ,
,, & elle remet à Lycas la Robe du Centaure ,
,, ignorant son terrible effet & le retour d'Her-
,, cule sur lui-même.

,, Le théatre change encore ici. Il représente
,, une antique forêt hérissée de rochers. Il est
,, terminé par une mer richement couverte de
,, vaisseaux. Des esclaves sont occupés à dresser
,, un bûcher pour la victime.

,, Dans le moment qu'Hercule se dispose au

,, facrifice, Lycas lui préfente de la part de Déja-
,, nire la Robe empoifonnée. Il reçoit ce préfent
,, comme un gage de fa tendreffe ; mais il ne l'a
,, pas plutôt mife, qu'un feu dévorant s'empare
,, de tout fon corps. Envain il fait des efforts
,, pour l'arracher ; fes douleurs augmentent de
,, plus en plus : il fe livre à toute fa fureur. Il
,, déracine des arbres ; il fe couche fur un bûcher,
,, ordonne à fon fils de l'allumer. Cet ordre révol-
,, tant la nature eft refufé par fon fils. Déjanire
,, entre comme une éplorée ; fa vue accroît le fup-
,, plice & les douleurs d'Hercule ; mais ne pouvant
,, foutenir un fpectacle auffi effrayant, elle tire
,, un poignard, & s'en perce le cœur. Dans cet
,, inftant la foudre gronde. Le Ciel s'ouvre, le
,, tonnerre embrafe le bûcher. Hercule y paroît
,, dans les flammes. Tout l'Olympe defcend des
,, cieux : Hercule y eft conduit, & le Ballet fe
,, termine par l'apothéofe d'Hercule & l'union
,, d'Hilus & de Jolé ''.

Vous avez peut-être vu repréfenter la mort d'Hercule : or je vous demande, Milord, qu'a de commun l'argument avec le Ballet ? Cette foule d'é-
pifodes le déguifent au point qu'il n'eft plus connoiffable. Celui qui ne fauroit fon hiftoire que par
cette danfe, la fauroit très-mal. La fable de ce
Héros, pour m'exprimer ainfi, n'eft déja que trop
fable : pourquoi lui en ajouter de nouvelles ?

Il faut cependant que ces maîtres foupçonnent que ces traits brillants mis en pantomime font fecs & ftériles par eux-mêmes ; car ils font prefque toujours obligés d'emprunter beaucoup du fpectacle. Les faifons & les éléments font à leur ordre. Ils ont des Cieux & des mers de carton tout prêts pour placer fur la fcene au befoin. Il n'y a guere de grande pantomime, où il ne pleuve ou ne grêle. Il eft vrai qu'il faut quelquefois une tempête pour précipiter dans la mer un Ballet qui eft pitoyable fur la fcene.

D'ailleurs il faut que nos maîtres de Ballets foient un peu forciers de leur mécier ; qu'ils poffédent la fcience de la Négromancie , afin de connoître le caractere des Démons , & ne pas placer fur la fcene pantomime un mauvais diable à la place d'un bon.

Autrefois les grands prêtres, occupés au fervice des autels, étoient renfermés dans les Temples. Quelques Poëtes les arracherent de ces lieux facrés pour les faire parler fur la fcene ; les maîtres de Ballets ont été plus loin : ils les y ont fait danfer. Les premiers ne leur avoient délié que la langue ; les feconds leur ont délié les pieds, &c.

Je viens maintenant, Milord, au Ballet de *Semiramis* & à celui du *Déferteur*, dont il a été queftion. Dans le premier le maître prétend avoir fuivi le plan de la Tragédie de M. de Voltaire ; mais

F 3

il l'a fuivi mal. Il s'en faut bien qu'il ait rendu
fes grands endroits ; ceux qui rendoient fa piece
intéreffante. Il eft vrai qu'il déclare , qu'il s'eft
attaché effentiellement à l'ombre de Ninus ; ce
qui a empêché peut-être que fon Ballet n'ait de
corps ; car lorfque pour foutenir l'honneur d'une
pantomime , il faut avoir recours à une ombre ,
tout le plan d'une danfe s'en va en fumée.

Monfieur de Voltaire prépare le fpectateur au
grand incident , qui doit faire naître l'hymen de
Semiramis avec Ninias , parce qu'il le met au fait
du meurtre de Ninus.

Il y a dans cet endroit du pantomime un dénouement , ou , pour parler dans toutes les régles du
théatre , une *réconnoiffance* , qui pourroit mettre
en défaut le génie danfant , mais dont ce maitre
de Ballets fort avec une adreffe admirable. C'eft
le trait d'une imagination fublime. Les deux Héros
de cette piece s'aiment de bonne foi ; ils ne
favent pas que la nature s'oppofe à leurs defirs.
Ils cabriolent beaucoup pour fe prouver récipro-
quement l'amour qu'ils ont l'un pour l'autre.
Cependant il faut que *Semiramis* fache que *Ninias*
eft fon fils : or qui le lui dira ? Les pieds ne
parlent point. Le maître de Ballets prend le parti
de leur écrire. Un placard fe fait voir dans le fond
du théatre avec ces mots : *Ferma, perverfa ma-
dre : egli è tuo figlio ;* ftratageme femblable à celui

des siecles d'ignorance, où les peintres sans génie faisoient sortir de la bouche des figures, des rouleaux de papier, qui disoient ce que leur pinceau auroit dû exprimer. Il est vrai que l'Auteur du pantomime se mit par là dans un grand danger ; car si Ninias ne sait pas lire l'Italien, son Ballet manque ; ou commet un inceste, car alors il couche avec sa mere sans le savoir.

Cependant venons à l'apparition du spectre ; car le maître du Ballet avoue, que c'est l'endroit le plus essentiel de sa danse, celui qui rend sa catastrophe vraiment terrible & tragique. A peine Semiramis approche du tombeau de Ninus pour appaiser ses manes par des guirlandes de fleurs, qu'il s'ouvre, & l'ombre paroît. Elle la poursuit sur le théâtre, & lui ordonne d'entrer avec elle dans le tombeau ; mais elle fait mieux que de la suivre, & de lui ordonner : elle la saisit & l'entraîne. Voilà par exemple du nouveau, non seulement sur la scene, mais dans le physique. Une ombre qui a des bras, des mains, des muscles, des uteres, des esprits animaux, un sang qui circule dans les veines, & une force motrice (car il faut tout' cela pour posséder l'action de saisir) est un des grands phénomenes pantomimes, qui ait encore paru sur la scene. Mais n'est-ce pas trop approcher les ombres des corps que de leur donner la faculté de prendre ? Pour moi, lorsque je vis ce coup de théatre, je ne pus m'empêcher de croire, que c'étoit Ninus lui-même, qui avoit été mal tué, ou qu'on avoit oublié d'enterrer, & qui venoit en personne venger son offense : d'autant plus que cette ombre ressemble si fort à un homme, qu'il ne lui manque que la parole. On peut même la lui supposer ; car lorsqu'on prend, on peut parler.

Le Vénitien a naturellement de l'esprit. Celui-ci se communique chez le peuple qui par-tout ailleurs est presque stupide. Ici il a des saillies. Comme je me place souvent dans le parterre, à la première apparition de l'ombre de Ninus, j'entendis un gondolier, qui disoit à un autre (car dans cette ville les gondoliers ont droit de présence au théatre) *Cofa xe fia roba ? I morti balla ? O che maeftro ! Manca ballarini fenza doperar delle fantafine ? Momolo*, ajouta-t-il, *dopo fia recita non torno piú quá, perchè fto* Cagao ..... *una fera o l'altra me fà reder in fcena la bon' anema de mio Nono.*

L'apparition de Ninus forme une autre irrégularité. Les morts n'habitent jamais à côté des vivants. Leur monde, qui est séparé du nôtre, doit être marqué par des limites. L'ombre de Ninus, pour épouvanter le parterre, sort de la même coulisse, par où Sacchi, le fameux Arlequin, sortiroit pour le faire rire. Il est surprenant que dans une ville, où il y a tant de sépulcres, le Maître de ce Ballet n'ait pas su faire construire un tombeau (t). Les spectres doivent sortir de dessous terre, ou d'un monument élevé : il faut que leur demeure soit plus haute ou plus basse que celle des vivants, & jamais au niveau. En fait d'habitation des morts, c'est pour ainsi dire, une loi de construction fondamentale : le pantomime qui l'ignore ne doit mettre sur la scene que des vivants.

Ce Ballet étoit fait pour essuyer toute sorte d'incidents. A sa derniere représentation il lui arrive un bagard.

Semiramis est morte. Elle vient de rendre le dernier soupir. Le spectateur a en quelque façon assisté à ses funerailles : en baissant la toile on suppose qu'on va l'enterrer. Cependant on veut qu'elle reprenne ses esprits, qu'elle retourne en vie, & cabriole de nouveau, comme si elle existoit encore. Passe qu'une Actrice, qu'on tue aujourd'hui, danse demain ; mais on ne meurt pas deux fois dans la même soirée : c'est contre toutes les regles mortuaires. Cependant le public pousse

_____

(t) Les tombeaux qu'on place sur la scene tragique, doivent être séparés du reste de la décoration. Si on ne peut pas les élever dans le milieu du théatre, il faut qu'ils soient à quelque distance de la Coulisse.

de grands cris , & bat des mains jufqu'au moment
de cette réfurrection. Il faut que Semiramis repa-
roiffe, qu'elle forte de fon tombeau, & danfe
une autre fois comme l'ombre de Ninus : on
diroit que c'eft le pantomime des revenants. Il n'y
a qu'un parterre Vénitien , qui puiffe faire faire
de femblables miracles à la fcene pantomime.

On découvre encore une derniere cataftrophe
dans la répétition forcée des deux Ballets. L'efprit de parti s'en mêle. Pour reffufciter une Actrice,
on en tue une autre (u) : elle expire prefque
fur la fcene ; ce qui eft non feulement contre
les régles du théatre , mais contre les loix de
l'humanité.

Le fecond Ballet du Déferteur n'eft pas moins
hors de la nature que le premier. En bonne
regle théatrale le Déferteur doit faire déferter
le théatre. Un foldat , à qui on va caffer
la tête militairement , n'eft pas un objet propre
à repréfenter à une affemblée de Dames Ce tragique danfant eft trop bas. Il ne reffemble en rien
à celui qui , par mille incidents , porte un amant
ou un héros à fe donner la mort , ou à la recevoir. Dans ce Ballet rien n'eft amené : le fpectateur arrive d'abord à la cataftrophe. Un militaire ,

_____

(u) *La Curtz qui , fe trouvant infultée par les
huilemens & fifflemens du public, fe trouve mal
fur la fcene.*

qui échappe de son régiment , forme la piece , &
des soldats avec leurs sufils en font le dénouement.
Il n'y a point de quoi pleurer avant que le Déserteur soit prêt à perdre la vie. On dira encore
ici que cette piece a été tirée du théâtre ; mais
il falloit l'y laisser , & non pas la mettre en Ballet.
Elle convenoit en prose , & ne convient point
en danse. Toutes les fois que ces maîtres voudront
prouver que tout ce que la langue exprime , les
pieds peuvent le rendre , on pourra le leur disputer.

Le Déserteur dans son original devient une
piece intéressante par le nombre des épisodes &
des incidents. Une femme éperdument amoureuse ,
& qui voit ce qu'elle aime prêt à périr , rend la
scene touchante. En s'adressant tantôt à l'un , &
tantôt à l'autre de ceux qu'elle croit pouvoir lui
sauver la vie , elle peut arracher des larmes.

Non seulement le sujet pantomime est manqué ,
mais même la représentation. Le spectacle seul
pourroit sauver ce Ballet ; & c'est précisément ce
qui lui manque. L'habit militaire françois est trop
mesquin pour servir d'ornement à une danse. Il
est bien à la guerre ; mais il ne l'est pas au théâtre , où l'uni se perd & échappe à l'œil du spectateur.

Pourquoi falloit-il que le Déserteur fut précisément françois. Est-ce parce qu'il l'est dans la piece ?
Mais les maîtres de Ballets font accoûtumés à

prendre tant de licences , que le parterre Vénitien leur eût bien passé celle-ci. On pouvoit choisir un uniforme Hongrois , Polonois , qui en ornant la scene eût décoré cette pantomime. J'aurois bien d'autres objections à faire sur ce Ballet ; mais vous savez , Milord , que je n'aime point à épuiser les sujets : en voulant vous faire lire , Milord , je cherche aussi à vous faire penser.

D'un autre côté ces pantomimes ne sont pas toujours selon les loix établies sur la scene.

Dans toutes les représentations théatrales il faut exciter les hommes à la vertu ; jamais les inviter à se livrer aux vices. Dans le Ballet de Renaud , Armide cherche à le corrompre. A peine est-il arrivé dans son Isle , que trois Naïades sortent du théatre , abordent avec des postures amoureuses le guerrier , l'invitent à quitter la gloire pour s'abandonner à la mollesse. Le jeune Héros ne fait aucune réflexion sur son état. Il oublie toutes les vertus qui caractérisent le Capitaine , pour succomber aux premieres attaques des Naïades. Il se laisse aller d'abord dans leurs bras. Il tombe sur un lit de gazon , où il s'endort voluptueusement. A peine est-il réveillé , qu'il est amoureux d'Armide. Aucune vertu travestie ne paroît pour lui repréfenter qu'il fait tort à sa gloire. Les jeux & les plaisirs au contraire l'invitent à se livrer à l'amour. Ils garnissent de guirlandes l'habit de ce guerrier , qui femble par-là préférer celle-ci à la couronne de laurier. Le Chevalier Danois & Ubalde, après avoir furmonté tous les obftacles de la magie, parviennent fur la fcene pour arracher Renaud du féjour de la molleffe, & le rendre à la gloire : mais le Chevalier Danois oublie le fienne, & fe livre à la volupté ; & ce n'eft qu'après un violent combat, & les follicitations d'Ubalde, que la vertu & la gloire triomphent de l'amour. Il eût mieux valu que le maître du Ballet ne l'eût pas fait fuccomber. C'eft donner trop d'empire à cette divinité, que de féduire d'abord les meffagers que la vertu 'épêche pour retirer un Héros de fes chafnes. Le fpectateur ne voit que la chûte. Il ne fait prefque point d'attention au triomphe. Renaud fans remords fe livre aux charmes de l'amour avec Armide. Il faut que les deux Chevaliers lui reprochent fa foibleffe, lorfque fa maîtreffe, qu'il a voulu fuivre, difparoît un moment. Le parterre eft le maître de penfer que fans eux Renaud feroit engagé fans retour. La vertu d'un Héros eft bien foible, lorfqu'il faut qu'elle foit reveillée par celle d'un autre. Il arrache fes guirlandes, & renonce à fa maîtreffe ; mais elle ne paroît pas plutôt, qu'il reprend fes fers. Il eft vrai qu'à la fin le maître du Ballet le fait triompher par la fuite ; mais j'aurois mieux aimé qu'il eût triomphé par les remords, & qu'il lui eût donné l'audace de fe préfenter à Armide victorieux. Un grand cœur peut avoir des foibleffes. Il peut être furpris par l'amour ; mais la vertu doit reprendre impunément fes droits en préfence de l'objet qui les lui a fait perdre. Voilà le vrai triomphe de la vertu. Tous les autres approchent trop de la foibleffe pour porter ce nom.

Ces Ballets ont d'ailleurs un grand inconvénient : c'eft qu'ils ne font prefque jamais analogues au fujet de la piece , entre les actes de laquelle on les repréfente. Après Armide en chant , on voit paroître Hercule en danfe. L'Intrigue de Medée n'eft pas plutôt finie par des Ariettes , que les violons annoncent les amours d'Alcefte ; ce qui coupe toutes les idées. Le fpectateur ne fe retrouve plus après la danfe. Il cherche à rentrer dans la piece , qu'il a perdu de vue.

Les François , que je ne donne pas pour les meilleurs Légiflateurs de l'Europe en matiere de mufique & de Ballets , ont néanmoins des regles dans leurs Opera , qui approchent plus de la nature que celles des Italiens. Dans les fêtes Vénitiennes on y danfe des morceaux qui ont rapport avec le fpectacle. A la fuite de l'Opera du Carnaval & de la folie , on y voit un Ballet compofé de tous les mafques , qui caractérifent ce fpectacle. On ne voit guere de Turcs fur ce théâtre que

dans

dans un sujet Turc, ni d'Indiens que dans les Indes galantes.

Outre que ces grands Ballets font souvent inintelligibles, ils sont presque toujours trop longs. C'est joindre un spectacle à un autre spectacle. Il faudroit rendre les Opéra en chantant, ou les exécuter en dansant. C'est alonger la scene, & multiplier ses spectacles au-delà du temps limité. Après l'acte d'un grand Opéra, commence le premier Acte d'un grand Ballet. Après que le chanteur a lassé l'Auditoire par un chant éternel, le pantomime commence une danse qui ne finit plus ; & comme chaque représentation veut être dans les regles, & conserver l'unité, qui est de vingt-quatre heures, on peut dire que dans une soirée on passe deux jours au théâtre.

Le bon sens dicte, qu'il ne doit pas y avoir une piece dans une piece ; ou il faut que le Drame représentant soit moins long, ou le dansant plus court. Il conviendroit pour l'ordre théâtral, qu'un sujet mis en musique fût la piece, & que la danse en fut l'épisode.

Non seulement les sujets de ces Ballets sont mal choisis ; mais presque toujours les expressions en sont forcées. Si dans la vie civile, qui est l'original du théâtre, on s'aimoit avec tant de fureur & d'emportement, qu'on le représente en Pantomime, on croiroit que les amants sont fous,

Tome II. G

ou tombés en démence ; & pour la sûreté publique, on les mettoit aux petites-maisons. On donne pour raison, qu'il faut que l'expression théatrale soit plus forte que celle de la vie civile ; lorsque la copie exprime plus que l'original, elle exprime trop, & par conséquent rend mal.

Je ne conçois pas comment ces grands maîtres de l'art trouvent des danseuses, qui veulent se défigurer en l'honneur de leur gloire, & devenir des furies sur le théatre pour établir leur réputation.

Je vous assure, Milord, que j'ai été fachée dans le Ballet de Semiramis, & celui du Déserteur, de voir la belle Campioni & la jolie Curtz ; à force de contorsions & de mouvements déréglés, à la fin du Ballet devenir laides à faire peur. Leurs yeux s'égarent, leurs traits s'altèrent, & leurs belles couleurs deviennent livides ; de maniere qu'elles ne sont plus connoissables. D'ailleurs ces expressions forcées hors de la nature, choquent presque toujours les loix de la modestie. Il n'est pas question ici de pédantisme. Je n'ai jamais prêché l'Evangile. Il est certain que ces émotions, ces épanchements ne sont pas tous faits selon les regles de la vraie décence. Il faut que l'Actrice devienne convulsive, qu'elle s'agite, qu'elle se demene ; qu'elle donne à son corps une posture irréguliere; qu'elle se panche, qu'elle se renverse,

qu'elle tombe fur le théatre ; qu'on la releve,
qu'on la foutienne. Il eft certain qu'à tout cela
le parterre n'y perd rien ; mais le Diable y
gagne beaucoup. Je vous demande bien des pardons, Milord, fi je parle du Diable à un Anglois:
car vous autres efprits forts n'y croyez guere. Quoi
qu'il en foit, de toutes ces poftures & ces geftes
outrés à la modeftie du fexe, il y a une diftance
immenfe. Je ne fais pourquoi il n'y a point de
Révifeurs pour les Ballets, dès qu'il y en a pour
les pieces. Eft-ce qu'il eft moins dangereux, pour
les mœurs publiques de voir des chofes indécentes,
dans une danfe, que de les entendre dans
une piece ?

Je ne vous parlerai point, Milord, de quelques
autres vices, qui font une fuite de la danfe moderne. Peut-être que le Gouvernement économique y perd tout ce que le moral n'y gagne pas.
Il eft certain que nos danfeurs, en s'épuifant à
bonne heure à force de cabrioles & d'entrechats
pour devenir grands hommes dans leur profeffion,
ceffent d'être hommes. S'ils ne font pas morts à
trente ans, ce font des cadavres ambulants; & comme
la génération en eux eft auffi délabrée que leur
corps, ils ne laiffent prefque point de poftérité:
ainfi c'eft une race de moins fur la terre. L'inconvénient n'eft pas, qu'il y ait moins de danfeurs, le mal eft qu'il y a moins d'hommes.

G 2

Vous ne fauriez croire le nombre de danfeurs & danfeufes, qu'il y a aujourd'hui dans la République du monde danfant ; fur-tout depuis qu'on emploie jufqu'à foixante figurants pour repréfenter ce qu'on appelle un grand Ballet pantomime. Tant de bons Artiftes, que la fcene pantomime dérobe à l'état civil, ont fait languir les Arts & l'Agriculture. Tant de pantomimes, qui danfent fur les théatres, font pleurer beaucoup d'honnêtes Citoyens, qui faute de bras pour labourer la terre, meurent de faim au milieu des champs.

Un autre vice eft le prix, qu'on a mis à ce talent. On paie mieux un maître qui dirige cinquante danfeurs dans un Ballet, qu'on ne récompenfe un Général qui conduit cinquante bataillons à l'armée.

Vous vous attendez peut-être, Milord, que je vous trace ici le tableau des danfeurs & danfeufes, comme je vous ai donné celui des chanteufes ; mais les grands hommes de cette profeffion font en fi petit nombre, qu'ils ne forment qu'un point imperceptible dans l'hiftoire du théatre. Dans les grands Ballets héroïques, où, comme je viens de vous dire, on a introduit jufqu'à foixante perfonnages, on n'y compte le plus fouvent qu'un premier danfeur : les autres font des figurants, qui font là pour former le bas relief & *faire groupe* fur la fcene pantomime.

Dans cette immenſe population de danſeurs, à peine pourrois-je vous en nommer ſix en ſérieux.

A l'égard des danſeuſes il y en a un plus grand nombre. S'il m'étoit permis de m'exprimer ainſi, je dirois que notre ſiecle eſt celui de la cabriole. La danſe l'emporte ſur le chant. Lorſqu'une jeune perſonne du ſexe paſſe l'entrechat, elle a auſſi-tôt la ſoule. Pour peu qu'elle s'éleve ſur le théâtre, elle tombe ſur ſes pieds dans le monde brillant. Ce n'eſt pas par la fineſſe d'agrémens, & ce je ne ſais quoi d'aimable qui ſeduit les hommes : elles ne ſe diſtinguent que par leur talent. En général les danſeuſes ne ſavent que danſer.

Un vieux Seigneur, qui avoit autrefois beaucoup figuré avec les figurantes, diſoit que les danſeuſes ne pouvoient point avoir du génie. Il en donnoit une raiſon phyſique : c'eſt, diſoit-il plaiſamment, que leur eſprit tombe dans leurs jambes, & que le plus fort de leur entendement eſt dans leurs pieds. Je ne voudrois pas ſoutenir cet axiome, d'autant plus que les tendons & les muſcles ne ſont pas les portes de l'ame. Il eſt certain néanmoins, qu'une machine toujours tendue doit ſouffrir beaucoup de relâchement. Une grande danſeuſe à trente ans a preſque toujours fini ſa carriere : or ce qui abat le corps, épuiſe l'eſprit.

Il ne faut pas croire cependant, qu'elles manquent de ce génie, qui mene à l'acquisition des richesses. Lorsqu'il est question de leur intérêt, ce sont des aigles, qui s'élevent à la fortune d'un vol rapide. Paris, qui est la Capitale la plus dansante de l'Univers, peut m'en fournir une foule d'exemples : je ne vous en citerai qu'un petit nombre. Mademoiselle Coupé, la figurante, s'est retirée de l'Opera avec tous les honneurs de la danse. Le demi-entrechat lui a valu vingt-cinq mille livres de rente. Mademoiselle Vestris, en courant après les graces, a atteint une brillante fortune ; car en fait de danse on va toujours plus loin que la danse. Et c'est ici un des grands prodiges de la cabriole moderne. L'Allart n'a ruiné qu'un Prince. Il est vrai que ce n'est pas sa faute, si elle n'a pas été plus loin dans son art ; car il n'y avoit que celui-là en France à ruiner : ses camarades avoient épuisé tous les autres.

Mademoiselle Guimar a une Cour & un spectacle à ses gages. Cette danseuse est d'ailleurs d'une modestie étonnante : elle ne dépensoit au Prince de S..... que cent mille livres pour sa table, & cinquante mille pour ses menus plaisirs. Vous voyez, Milord, qu'ils ne devoient pas être si menus.

Une certaine Danseuse Allemande, qui a le pied extrémement brillant, vient de mettre toute l'Angleterre à contribution. Elle a emporté plus de guinées de Londres, que la chambre d'amortissement n'en a produit pour le remboursement des dettes de la nation , &c.

En général la France millionaire est soumise à la cabriole. L'entrechat exerce un empire absolu sur la finance. C'est aujourd'hui la grande clef pour ouvrir les coffres forts. Tel qui résiste aux charmes d'un beau visage , succombe aux attraits d'une jambe brillante. Je pourrois vous citer ici plusieurs Seigneurs ruinés , qui n'osent plus s'approcher du beau monde pour s'être approchés de trop près de la cabriole , & que l'entrechat a fait mourir civilement.

Vous comprenez bien , Milord , que toutes ces fortunes ne viennent pas de la danse théâtrale. Elles tirent leur source d'une autre pantomime, dont vous me dispenserez de vous donner le dessein. Les entrepreneurs de l'Opera donnent à peine à ces demoiselles de quoi acheter des gands & des mouches. Le reste de leur honoraire est fourni par le public , qui est très-exact à payer leur quartier. Ainsi des autres théâtres de l'Europe dans la proportion de la richesse des grands & de la foiblesse des petits.

Avant de finir cette lettre , il faut que je m'arrête un moment sur l'apologie , qu'on a faite de ces pantomimes modernes. Il a paru des programmes , qui ont cherché à soutenir que cette danse étoit la bonne. J'aurai donc dit une absurdité , lorſque j'ai avancé qu'elle étoit mauvaiſe ; & ces maîtres auront eu raiſon de n'avoir point de bon ſens dans leurs Ballets

Comme ces morceaux ſont écrits avec beaucoup d'art , ils ont ſéduit bien des gens. Je ne les ſuivrai point dans leurs différents périodes : on ne doit point répondre méthodiquement à ce qui eſt hors de méthode Lorſque les faiſeurs de programmes pantomimes prennent un vol rapide, & s'élevent dans les airs , il faut les laiſſer dans les nues du monde danſant ; d'autant mieux que la plûpart de leurs raiſonnements ſemblent venir d'un autre monde , & à cauſe de cela ne paroiſſent pas faits pour le nôtre. Je ne releverai que quelques-uns de leurs ſophiſmes. Comme il falloit établir des principes dans ce nouvel art pantomime héroïque , le maître de Ballets , qui fait paſſer l'entrechat à la Semiramis (x) , dit que *s'il y a quelque choſe de ſublime dans la danſe, c'eſt ſans contredit un événement tragique repréſenté en pantomime;* mais comme il fonde ce raiſonnement ſur rien , il nous permettra de n'en être point perſuadé. Lorſque dans un axiome danſant on ne cite d'autre garant que ſoi-même, le lecteur eſt diſpenſé de le recevoir, d'autant plus qu'il

(x) *Angelini dans ſon Programme de la Semiramis.*

y a long-temps que les faiseurs de programmes
ne font pas crus fur leur parole. Sa plus forte
affertion eft que les Grecs & les Romains pleuroient à ces fpectacles; mais vous avez déja vu
les raifons qui leur faifoient verfer des larmes.
Il eft vrai qu'il avoue un moment après, que
nous n'avons rien de ce qu'il faut pour repréfenter ces pantomimes héroïques. *La danfe*, dit-
il, *a dégénéré à un point, que nous ne devons la
regarder que comme l'art de faire des entrechats,
des gambades, des fauts*, & de courir en cadence : *voilà*, ajoute-t-il, *nos colonnes d'Hercule*.
Hé bien ne les paffez donc pas ces colonnes;
n'allez pas par ces mêmes gambades défigurer le
théatre des anciens; n'allez pas, dis-je, par des
fauts & des bons deshonorer les Dieux & les
Héros. Puifque vous avez perdu les premiers
inftruments de cet Art, par quel enchantement
voulez-vous les relever aujourd'hui ? c'eft comme
fi les géometres vouloient tracer le cercle fans
compas.

Il prouve très-bien auffi que la tragédie par-
lante a l'avantage fur la danfante ; qu'on a plus
d'aifance de s'exprimer par la langue que par les
pieds; que l'Orateur, qui s'énonce par l'art de
la cabriole, ne peut prononcer qu'un difcours
de quelques minutes ; au-lieu que l'Acteur tragique eft en état de parler plufieurs heures. Il au-

roit pu ajouter , que ces grands Danfeurs héroïques , qui veulent par des entrechats s'élever
jufques aux nues, reffemblent à ces Anges rebel-
les, dont parle Milton dans le Paradis perdu,
qui *vouloient efcalader le Ciel.* Il fe donne beaucoup de peine pour prouver qu'il eft plus mal-
aifé de danfer que de déclamer : j'en fais bien
la raifon ; c'eft que tout ce qui eft hors de la
nature eft plus difficile que ce qui en fuit les loix.
Un Danfeur de corde éprouve bien plus de difficultés à faire fes fauts périlleux fur un fil d'ar-
chal élevé dans les airs, que s'il étoit appliqué
à marcher avec grace fur la terre : or, fi ce baladin faifoit un programme pour prouver que
fon art eft plein de difficultés, & qu'il faut être
bien habile pour y exceller, il fuffiroit de lui
répondre ; pourquoi danfez-vous fur la corde,
d'autant plus que votre art n'eft bon à rien, &
qu'il avilit plus la fociété, qu'il ne l'honore ?

L'Auteur de ce problême voudroit prouver que
le gefte abrege le difcours, & rend mieux nos
idées que la langue. Il eft certain qu'il en eft de
très-éloqnents ; mais il s'en faut bien que la regle
foit générale. Pour un gefte qui rend bien , il
eft cent paroles qui rendent mieux : cela dépend de la maniere dont on les prononce. Le
Préfident de Montefquieu remarque fort bien,
qu'une parole dite dans un certain accent , réveille

une idée, & que dire dans un autre ton, elle
en fait naître une différente. Il y a une regle
immuable, dont je vous ai déja parlé, pour juger
de ces deux accents, qui est de remonter à la
nature, qui doit nous guider là-dessus, & non
point le raisonnement, toujours susceptible de
mille interprétations. La parole est le grand canal de nos idées : celles-ci, après s'être formées
dans notre cerveau, s'écoulent dans cet organe,
qui les rend par le son de la voix.

On peut regarder les grands Ballets pantotimes
comme des sociétés composées de vingt ou
trente muets qui, ayant perdu l'usage de la
parole, s'expriment comme ils peuvent par des
gestes & des contorsions. Or c'est toujours un
art imparfait que celui qui fonde sa perfection
sur un défaut de la nature. Je dirois volontiers
que ces Maîtres font danser de grands Héros
infirmes avec des crosses.

Ce Professeur erre continuellement dans ses
principes, parce qu'il prend toujours Lucien pour
modele; ce qui fait de son raisonnement sur la
danse un sophisme perpétuel. Je vous ai fait sentir, Milord, la différence qu'il y a de nous aux
anciens. Comment veut on, pour m'exprimer ainsi,
que des images de morts fassent impression sur
des vivants ? il ajoute qu'il n'y a rien de moins
propre pour former des Ballets héroïques, que le

plan de l'Opera françois, à cause de ses enchantements. Je ne les crois pas en effet de bons modeles. Cependant, s'il reste encore quelque ombre de la belle danse, elle subsiste sur la scene de Paris, où les bras & les autres graces naturelles expriment mieux que le brillant des jambes Italiennes. A l'égard des enchantements; ils sont à peu près les mêmes sur les deux théatres; avec cette différence, que le compositeur François met l'enchantement au bout d'une baguette, au lieu que l'Italien l'a dans la tête. Or il est indifférent au spectateur, que la métamorphose de la scene pantomime se fasse par un signe imprévu, ou soit exécutée de dessein prémédité. Le ridicule est toujours le même.

L'Auteur de ce programme met la danse grotesque bien au-dessous de l'héroïque. Il auroit raison, si celle-ci avoit acquis le point de perfection où elle peut atteindre; mais son état défectueux la met au-dessous de celle qu'il regarde comme bien inférieure. J'irai plus loin, &, malgré le ridicule que les maîtres héroïques cherchent à répandre sur cette danse, je dirai que, s'il reste quelque chose de vrai dans la pantomime moderne, c'est dans le bon grotesque, parce qu'il nous présente des tableaux que nous connoissons, au lieu que l'héroïque nous offre des images que nous ignorons. Il n'y a personne qui ne se soit trouvé

trouvé à la fête d'un village , & qui n'ait vu danfer des villageois ou des payfans ; mais il n'y a aucun de nous qui ait affifté aux fêtes de l'hymen , & qui ait jamais vu cabrioler Jafon & Medée.

Entre *Le Pic* déguifé en Hercule & Viganau travefti en payfan , il n'y a d'autre différence que la maniere de s'élancer dans les airs. L'un s'éleve gravement , & l'autre tombe fur fes pieds comiquement. *Le Pic* avec fon vifage férieux & guindé préfente au fpectateur un être de raifon mort pour la nature ; eu lieu que Viganau m'offre un tableau vivant : or en fait de pantomime danfante il vaut mieux la copie d'un berger ou d'un payfan qui eft connu, que celle d'un Dieu ou d'un Héros qu'on ne connoît point.

Lorfque *Regina* ou quelque autre bon compofiteur dans le genre grotefque me préfente un Ballet de ce nom , je fuis fûr d'y trouver du vrai, parce que fon tableau eft tiré de quelque part de la vie humaine , dont je fais partie ; mais , lorfque Novere me donne Agamemnon , je ne me retrouve plus , parce que mon exiftence n'a rien de commun avec celle de ce Héros.

Il veut que tous les danfeurs grotefques , qu'il place humblement dans la derniere claffe , foient des Polichinelles ou des Pierrots : ceux-ci pourroient leur repondre qu'il vaut mieux être un vrai

Pierrot qu'un faux *Pyrrhus* Dans les pantomimes, il ne s'agit pas des noms, mais de la repréſentation des choſes. Je ne dis pas que le genre groteſque ait encore acquis cette perfection, où on pourroit le porter ; mais ſeulement qu'il eſt peut-être moins imparfait. Malgré la prévention où l'on eſt ſur les Ballets héroïques, il ne faut pas croire qu'ils réuſſiſſent également. Il en eſt qui périſſent miſérablement ſur la ſcene. Pluſieurs ont été ſuffoqués par trop de ſpectacles : d'autres ſont tombés en conſomption faute de n'en avoir pas aſſez. J'ai aſſiſté der nierement à l'enterrement d'un grand Ballet d'Arianne mort ſur le théâtre de Padoue, que le parterre a enſeveli avec tous les honneurs des bâillements & des ennuis qu'il leur cauſoit. On a été obligé de lui ſubſtituer le pauvre Henri IV, Ballet que les maitres héroïques commencent à regarder, pour m'exprimer ainſi, comme un *bouche trou*, triſte & funeſte ſort du plus grand Roi, qui ait jamais regné ſur les hommes.

Pour moi, Milord, je penſe que la grande tragédie miſe en danſe, eſt l'établiſſement le plus irrégulier qui ait été formé dans notre ſiécle ; qu'il eſt dénué de raiſon & de bon ſens ; que c'eſt faire un mauvais uſage de ſes talents, que de s'attacher à perfectionner un art qui ne peut ſervir à autre choſe qu'à nous donner de fauſſes idées du ſublime & du grand. Les Romains, qui étoient payens,

pouvoient avoir des raisons tirées de la politique
& de leur religion pour être sensibles à des représentations , qui mettoient en spectacles leur gouvernement & leur divinités. Pour nous, qui n'avons
pas les mêmes motifs , nous sommes moins excu-
sables de les avoir introduites sur la scene.

Il faut cependant que l'Auteur du Programme
de la *Semiramis* soupçonne, qu'en voulant donner
la préférence à la danse héroïque sur les autres,
il a élevé l'édifice de cet Art avant de placer l'é-
chafaud. Il déclare lui-même *que bien des gens trouvent absurde la tragédie en Ballet.* Il ne l'eût jamais
soupçonné, si ce genre eût été le bon. La vérité
est assurée. Elle marche d'un pas ferme & égal.
Son caractere la met à couvert de toute crainte.
Si ses pantomimes avoient été dans la nature, notre
génération lui eût dit : *Avancez dans cette carriere.
Ne regardez pas derriere vous. Laissez-nous le soin
de transmettre vos tableaux à la postérité. Nous
nous chargeons de votre gloire.*

Au lieu de cela ce Maître de Ballets est réduit
à dire qu'il *faut avoir le courage d'écrire pour les
ames sensibles sans nul égard pour cette malignité
froide & basse qui cherche à rire, où la nature
invite à pleurer.* Mais on peut lui répondre : faites
pleurer, & personne n'aura envie de rire.

Au reste, Milord, je ne prétends point diminuer ici le mérite de ces premiers Maîtres ; encore

moins leur ôter la confidération dont ils jouiffent
dans les Cours étrangeres. Les *Novere*, les Pitrault,
les Angelini, les Pics, & quelques autres de la
même force font doués d'un talent fupérieur. Le
public leur eft redevable de plufieurs Ballets très-
intéreffants. Ils ont fur-tout l'imagination, cette
premiere partie de la danfe, fans laquel. il ne
fauroit y avoir de grand homme dans cet Art.
On peut juger de ce qu'ils auroient pu faire dans
le vrai par ce qu'ils ont fait dans le faux. Ils n'ont
qu'à faire un pas de plus dans la nature qui, toujours vraie, les conduira par la main à la vraie
danfe. Je fuis, &c.

LETTRE TROISIEME.

Milord,

UN tendre engagement va plus loin qu'on ne pense. Je connois une jeune femme qui commença de s'entretenir avec un Cavalier sur quelques endroits indifférents de l'amour, & qui finit enfin par l'aimer. Mon deſſein n'étoit d'abord que de vous faire part de quelques réflexions ſur l'Opera d'Antigone & le Ballet de Semiramis. Je me trouve inſenſiblement engagée à écrire un eſpece de livre. Je reſſemble dans cet ouvrage à ces Curés de Village qui, en finiſſant leurs ſermons par *la gloire que je vous ſouhaite*, ajoutent : le reſte à Dimanche prochain.

Les Maîtres Compoſiteurs ſe ſont plaints de ce que je n'avois parlé dans ma lettre ſur la Muſique, que de *Haſſe*, *Leo Jomelli*, *Clok*, *Galuppi*, *David Peres*, *Traëttes*, *Piccini*, *Sacchini* ; &c &c. Ceux que je n'ai pas nommés, ont dit : & nous, qui ſommes-nous ? J'aurois pu leur répondre : rien ; mais j'aime mieux examiner s'ils font quelque choſe. La Nation des Eunuques s'eſt auſſi ſoule-

H 3

vée contre moi. Ils regardent comme un affront
fait à leur gloire, que je n'ai prononcé que les
noms de *Cenizini*, *Farinelli*, *Egiziclli*, *Cariflini*,
Cafarelli, *Guadagnio*, &c. &c. Car, comme tous
ces Meffieurs ont la voix claire, ils s'imaginent
qu'ils doivent tous chanter clairement. Ils n'ont
pas fait réflexion que, dans le Royaume des
Aveugles, il faut des Borgnes, fans quoi il n'y
a point de Roi. Ils ont réfolu de faire quelques
réflexions fur mes lettres; mais je me garderai
bien de leur répondre, quelques remarques qu'ils
faffent. On a toujours reproché à Voltaire d'avoir
traité la Beaumelle de Roi des Halles, ce qui l'a
plus avili que celui qu'il vouloit abaiffer. Il y a
des petits avortons ténébreux qui voudroient efcalader la République des Lettres, mais dont les
efforts font impuiffants.

Si les critiques qui répondent à ces lettres, font
Eunuques, ils y répondront mal; car il n'y a
rien de plus fot que les gens qui n'ont pas ce
qui fait que les hommes ont de l'efprit. On dit
que l'Eunuque Phocius avoit un génie univerfel,
peut-être qu'il n'étoit pas bien Eunuque, où s'il
l'étoit, on peut préfumer que de fon temps les
Sciences étoient châtrées.

Les Bêtes font des Thermometres qui marquent
les degrés de chaud & de froid où fe trouve
l'humanité. J'ai deux chats du même âge & du

même poil, nés de la même mere. Pour Monsieur leur pere, je ne vous en dirai rien. J'ai réduit le premier dans l'état d'un Muficien. J'ai laiffé à l'autre le faculté d'engendrer, celui-ci eft fort, & vigoureux, il prend les fouris avec une adreffe admirable, il fait des fauts, des gambades & me divertit par mille petits tours de gentilleffe qui chez les chats peuvent paffer pour de l'efprit; car il ne faut pas croire, Milord, que nous foyons les feuls êtres dans dans la Nature que nous diftinguons par les connoiffances & le favoir. Les bêtes ont auffi leur République des Lettres, & peut-être eft elle en meilleur ordre que la nôtre, qui, de vous à moi, devient tous les jours un pur brigandage; fur-tout depuis que le célebre Monfieur de Voltaire en a fait un marché à livres, où l'efprit fe vend argent comptant, d'où il a tiré la faculté d'avoir un b au château & un excellent cuifinier.

Mais pour revenir à mon fecond chat, qui n'eft qu'un châtré, il eft languiffant, n'a point de gentilleffe dans l'efprit : s'il veut faire quelque tour à l'exemple de fon frere, il eft gauche & mal-adroit. Ce n'eft pas tout, il ne fait pas faire les honneurs de chez moi. Vous connoiffiez les loix de l'hofpitalité & ce qu'on doit aux étrangers : c'eft un droit des gens inviolable. Ces jours paffés, il entra dans mon appartement une petite chatte blan-

che d'un de mes voisins , qui avoit la tête mou-
chetée de noir , les yeux bleus & bien fendus ,
avec de jolies moustaches & le corps fait à peindre , en un mot , une beauté miaulante , & dont
le Prince Raminagrobis , Roi des chats , eût été
lui même amoureux. D'abord mon chat homme
alla au-devant d'elle , & lui sautant dessus , la
reçut par deux ou trois accolades qui marquoient
le plaisir qu'il avoit de la voir , l'invita à souper,
(car la visite se fit à neuf heures du soir ,) c'est-
à-dire , la mena dans un coin où il y avoit quelques petits os & des morceaux de chair , qu'ils
mangerent ensemble. Lorsqu'ils eurent le ventre
plein , ils penserent à quelque chose de mieux.
Alors mon matou conduisit galamment la petite
chatte dans le grenier , où j'entendis , un moment
après , des cris perçants. Ils se battirent beaucoup
ensemble , car ils s'aimoient déjà éperduement :
de-là vient que lorsque deux amants s'égratignent en
s'aimant , on dit qu'ils font l'amour comme les chats.

Pendant ce temps-là , mon misérable châtré,
qui ne prenoit aucune part à cette Scene amoureuse , dormoit profondément sous une chaise,
insensible à ces coups de pattes qui se donnoient
sur sa tête , avant-coureurs des plaisirs de l'amour
miaulant , étoit neutre dans l'affaire la plus intéressante dans la Chaterie. Voilà l'histoire du genre
humain dans celle de mes deux chats.

Or vous eoneevez bien , Milord , que , lorsque des êtres raifonnables font infenfibles à ce qui fait qu'on a de la fenfibilité , ils doivent l'être à ce qui fait qu'on acquiert des connoiffances & du favoir.

Outre que les Soprani reffemblent à mon chat mauffade , ils font d'une fierté & d'une hauteur infupportables. J'en fais bien la raifon , c'est que l'orgueil marche toujours d'un pas égal avec l'ignorance , & qu'on est vain dans la proportion des caufes qui font qu'on ne devroit pas l'être. Mais ce n'est pas tout-à-fait leur faute. Les Grands les chériffent & les femmes les aiment. Les premiers ont leurs belles & bonnes raifons pour cela. A l'égard des fecondes , il y a apparence que les femmes trouvent que c'est un plaifir de boiter tout bas dans la fociété amoureufe fans avoir une jambe plus longue que l'autre.

Une Dame Françoife demandoit un jour à une jeune Italienne qui avoit un de fes foupirants qui reffembloit à mon chat , ce qu'elle faifoit d'un tel animal ? elle lui répondit *lo tengo per non guaftarmi lu vita.* Vous voyez par là , Milord , que les femmes font fi ingénieufes aujourd'hui , qu'elles font fervir à quelque chofe ce qui n'est bon à rien.

Les Maîtres de Mufique , gens qui enfeignent à chanter , c'est-à-dire , ceux qui enfeignent ce qu'ils ne favent pas, fe font plaints de ce que je n'avois pas fait mention d'eux dans les deux lettres précédentes.

Les Entrepreneurs d'Opera m'ont adreffé leurs lamentations fur le même fujet : *Come, noi, che facciamo andare la gran macchina della Mufica, nè meno una parola.*

Je demande bien des pardons à toute la race chantante : je n'héfite point à parler d'eux : *Adeffo Il fervo.*

Il faut cependant, Milord, que je finiffe cette lettre par un endroit un peu plus grave, & que je me juftifie d'abord d'une accufation qu'on a formée contre moi, c'eft-à-dire, que j'ai voulu dénigrer la réputation de quelques êtres chantants. Je déclare donc ici que fi, contre mon attente, il s'eft gliffé quelques traits dans ces lettres qui reffemblent à ceux qui fe plaignent, du moins je n'y en ai mis aucun de deffein prémédité. Je n'attaque jamais un individu. Je déclare la guerre aux préjugés des hommes & non point aux hommes. Mon courage eft auffi grand que celui d'Alexandre, qui ne fe battoit que contre des nations entieres. En fait de livres je me fonde fur une maxime reçue : *que qui parle de tous ne parle de perfonne.* Dans les débats littéraires, les duels particuliers font défendus, mais les affaires générales font permifes. La Critique a des droits auffi étendus que ceux de la Morale. Si on faisoit le procès à ceux qui montent en chaire pour attaquer le vice, aucun prédicateur ne voudroit prêcher. Or la corruption des arts est un vice qui attaque les mœurs.

Lorsque j'ai relevé les talents de Farinello, Cafarelli, Egiziello, je n'ai pas prétendu diminuer celui de Menigone, Aprile, Mazzanti, &c. &c. Si dans une simple lettre j'eusse été obligée de parler de Catena, Potenza, Casali, & de cette foule d'Eunuques qui forment aujourd'hui la République chantante, cette lettre eût formé un gros volume.

Pour ce qui est de la Musique en elle-même, j'ai avancé qu'elle est devenue un pur brigandage, & je le prouverai par un ouvrage en deux tomes, sous ce titre : De la Théorie de la Musique moderne, que je publierai lorsque mes autres occupations me le permettront ; livre qui manque totalement à la République des lettres.

L'Abbé du Bos n'a parlé de la Musique des Anciens qu'en passant. Le traité de l'harmonie de Rameau ne remplit pas cet objet. Jean-Jacques Rousseau a effleuré la matiere. Le Pere Martin a donné ses Annales ; mais l'histoire de la Musique n'est pas la Musique. Celle-là est la Structure particuliere, & l'autre le Corps ; entre l'un & l'autre il y a la même différence qui se trouve de la matiere à la forme.

Cependant il eſt intéreſſant pour la ſociété générale, qu'on ſe forme des idées juſtes ſur un art qui
entre ſi avant dans notre maniere de penſer.

Comme ce qu'on appelle Contre-point a des loix
immuables, il ne ſeroit pas impoſſible d'en établir
de fixes ſur le caractere, le goût & le génie de
la Muſique, & ſi une fois on ôtoit, pour ainſi dire,
des mains des Compoſiteurs cet arbitraire qui les
fait avancer au-delà des loix de la Nature, &
des regles du bon ſens, on auroit fait un grand
pas dans la morale.

Il eſt étonnant, Milord, (comme je crois l'a-
voir dit ailleurs) que dans toutes les Sociétés
civiles on ait créé des réviſeurs ſur les ouvrages
qui contiennent des paroles libres propres à corrompre les mœurs, & qu'on n'en ait point établi
ſur des ſons propres à ſéduire les ſens qui ſont
les portes des mœurs. Eſt-il donc plus facile de
ſalir l'imagination par des mots que par des notes?
Je connois une femme qui ayant réſiſté pluſieurs
années aux ſollicitations de ſon Amant, tomba
dans ſes bras par la Muſique affectueuſe d'une
Ariette.

Mais la réforme de la Muſique moderne deman-
deroit un grand fonds de connoiſſances & de ſavoir. Il faudroit que le nouveau légiſlateur con-
nût le phyſique de chaque nation, pour ne pas
faire chanter un Allemand comme un Italien;

car

car c'eſt cette confuſion des Modes qui a cauſé celle des mœurs. Etre inſtruit des manieres des peuples. Un Eſpagnol grave & ſérieux ne doit pas mélodier comme un Françoisléger & badin. C'eſt ôter au Soleil ſon influence & rendre les différentes nations égales , que de les faire chanter toutes de même. Sur-tout être au fait de chaque Gouvernement. Un Républicain devient eſclave , lorſqu'il ſe livre à une Muſique tout-à-fait ſubordonnée aux ſens.

A l'égard des Italiens , il faudroit dépouiller leur Muſique de ce volatil & de ce ſuperficiel propre à ôter au génie cette ſolidité & qui peut-être dans nos temps modernes a privé le ciel le plus heureux de ces grands hommes qui firent autrefois l'étonnement de l'univers , & qu'on ne trouve plus que dans l'hiſtoire Romaine. Prenez-garde , Milord , je n'avance pas que la corruption de la Muſique ait tout gâté , mais je dis qu'elle a beaucoup gâté. Je ſuis , &c.

LETTRE QUATRIEME.

Milord ,

VOus voulez savoir pourquoi l'Italie , qui est pleine de Compositeurs , n'a presque point de Maîtres de Musique ; & d'où vient que le petit nombre de ceux qui travaillent aujourd'hui pour le Théatre , ne donnent que des morceaux réchauffés. Je vais vous le dire. Il faut pour cela remonter à l'origine des choses. Pour l'ordinaire ceux qui s'adonnent à cette profession , n'ont ni état ni fortune : dépouillés de tout , on les enferme à bonne heure dans des lieux qu'on nomme Maisons de Musique , où la premiere éducation est de jouer de quelqu'instrument. On leur présente une Flûte , un Violon , un Hautbois , un Cor-de-chasse & un Clavessin , & lorsqu'ils ne sont pas bons pour jouer de quelques-uns de ces instruments , on les regarde comme bons à rien. On les abandonne à leur mauvais sort : c'est du sein de cette insuffisance qu'ils se livrent à la Composition du chant. Toute leur étude alors se réduit à rassembler & placer des notes sur du papier rayé c'est-à-dire , composer des Airs.

Il est étonnant que, dans un pays où tout 'e monde s'adonne à la Musique, on n'ait pas fait encore aucun établissement pour apprendre la musique. Ces Maisons sont directement opposées à l'esprit d'une bonne institution. Les revenus y sont si mal administrés, que les *Virtuosi* ou ceux qu'on destine à le devenir, meurent de faim. Or, Milord, des Notes Diaphanes & mal nourries ne sauroient faire de la bonne Musique, *Prima la panza & poi la danza* : le Proverbe qui est pour la Cabriole convient également à la Musique. Un estomac vuide forme des sons tristes & lugubres : témoins les enfants qui, lorsqu'ils ont faim, poussent des hurlements qui attristent leurs voisins. En général, ces écoliers ont le visage décharné & pâle comme la mort. Il n'y a que les Administrateurs qui ont le visage large & le teint fleuri. La plûpart de ceux-ci sont à la veille de crever d'opulence à force de manger, tandis que leurs éleves manquent d'aliments.

Il est étonnant que ceux qui ont fondé des Maisons, ayent imaginé que pour faire de la Musique il ne falloit être que Musicien, & que l'art le plus étendu se borne à quelques pratiques vocales. Comment . 'on pu croire qu'une expression qui doit rendre toutes les passions de l'ame, soit renfermée dans des tons qui se reduisent à de simples sons. Le Dessein du chant, comme celui

de la peinture , tient à une infinité d'Idées prélimi-
naires , qui derivent elles-mêmes de beaucoup de
connoiffances antérieures. Si Raphaël n'eût été à la
fois phyficien , poëte , géometre & hiftorien , il
n'eût point fait l'admiration de tous les fiecles.
Les couleurs du peintre ainfi que les notes du
Muficien ne font que la Méchanique de ces deux
profeffions. On n'eft jamais grand par ce qu'il y
a d'inférieur dans un Art.

Un Muficien en Italie qui s'adonne à la Compofition , fe livre tout entier à celle-ci. Il ignore
qu'il y ait d'autres connoiffances fur la terre ; auffi
ne s'applique-t'il à aucune. Voici fa marche après
qu'il a débrouillé les premiers Elements de cet art.
Il paffe à Boulogne pour étudier le Contre-point
fous le Pere Martini qui a la réputation d'un très-
habile homme. Mais ce Pere Martin , tout Martin
qu'il eft , ne donne point le génie de la Mufique.
Il laiffe l'efprit Mufical comme il le trouve. Son
école fe réduit aux loix de l'harmonie. Or , de là
au grand profeffeur , il y a une diftance immenfe.
J'ai connu un des éleves de ce Révérend qui , ayant
compofé un Opera dans les loix les plus exactes
du *Contre-point* , ne fit qu'une Martinade. Toutes
les regles y étoient obfervées , excepté celle d'empêcher le fpectateur de s'y ennuyer.

Un Hofpitalier des Confervatoirs de Naples ,
n'a pas plutôt fini fon cours de *contre-point* à Bou-

pgne, qu'il avertit le public qu'il eft prêt d'écrire
des Opera au dépens de qui il appartiendra. Alors
il s'entend avec tous les Couriers d'Italie pour fe
rendre tour-à-tour à Modene , à Parme , à Plai-
fance , Rome , Turin , Milan , Gênes , Venife ,
Padoue , Creme , Parme , &c. où il effaie fon génie.
Il y a auffi quelques contrebandiers en Mufique
Italienne, qui viennent d'Allemagne pour exercer un
talent qui , n'étant pas de leur cru , réuffit rarement.

Le premier inconvénient , Milord , que je trouve
dans cet art , c'eft que les jeunes maîtres de Mufique , en commençant leur carriere , font pauvres
comme des rats d'Eglife : tout leur héritage con-
fifte en quelques cahiers de papier rayé. Ils ne
font riches qu'après qu'ils ont ouvert un grand
commerce d'Ariettes avec les Nations du Nord.
En attendant d'établir leur fortune & leur gloire ,
ils travaillent *pro fame , & non pro fama* : or un
génie affamé n'eft bon qu'après qu'il eft raffafié.

Il *Libretto* de l'Opera eft le premier inconvénient pour le Maître. S'il n'eft pas de Metaftafio ,
il y a dix contre un à parier que la Poéfie eft
eftropiée ; or il faut néceffairement alors que la
Mufique le fuit ; car la premiere expreffion eft celle
des paroles. Tout ce qui eft barbare dans l'accent
l'eft dans le chant.

La brieveté du temps acheve de tout gâter. Il
faut qu'un Maître de Mufique ait compofé un

grand Opera en vingt-cinq jours, c'est-à-dire, qu'il l'ait gâté ; car il suffit qu'on fixe un terme à l'imagination pour la gêner. Dans les arts libéraux, tout ce qu'on veut mesurer par le temps met des entraves au génie : de là vient que le Maître à qui on marque des périodes ne donne que des ébauches.

Les voix sont encore un autre écueil contre lequel le génie des compositeurs va se briser. Il faut dans les Opera qu'ils prennent la mesure de celles-ci, comme un cordonnier prend la mesure d'une paire de souliers ; qu'ils ayent une forme exprès pour chaque *Virtuofa* ; que celle-ci ne soit ni trop longue ni trop large, sans quoi elle estropieroit le public. Il n'est plus question de la poésie, il s'agit de la voix de la *Signora*. L'expression littéraire a beau demander que les airs s'étendent, ils ne sauroient le faire ; car s'ils sortoient de cette loi, la Musique elle-même détonneroit. Il y a des voix si concentrées en elles-mêmes, que le talent du Maître se trouve resserré de la moitié. J'ai connu une premiere *Virtuofa* engagée pour le premier Théâtre d'Italie, qui n'avoit que trois tons & demi de bons, dans lesquels il falloit que le Compositeur renfermât tout le premier Rôle ; ce qui fit la matiere d'un procès entre le Maître & l'Entrepreneur qui se plaignit de ce que les grands airs n'étoient pas assez étendus. Celui-l

répondit : *Signore era impoffibile di darle più d'ef-*
tenfione : la voftra prima Donna non ha altro che
tre corde. L'Entrepreneur qui étoit Napolitain fe
mettant en colere, s'écria : *Managio l'anema delle*
voci. Puis fe radouciffant un peu : *Amico, perchè*
non ai tu fatto dare la corda a quefta Virtuofa ?
fe ne farebbe cavata qualche voce di più.

D'ailleurs il ne convient pas que l'expreffion
foit générale , & que tous les airs foient bons ;
car le Maître de Mufique ne manque jamais de
devenir amoureux de la *prima Donna.* C'eft une
loi de Théatre qui entre dans la compofition d'un
bon Opera. Il faut que celle-ci faffe tous les honneurs de la *Scena.* Si par malheur il donnoit des
airs brillants à la feconde femme , dont elle fe fît
honneur , il feroit deshonoré auprès de la premiere.
Ainfi , felon les regles de l'harmonie d'amour , qui
a toujours le pas fur l'harmonie du chant , il faut
que les airs de celle-ci fervent de clair obfcur à
ceux de celle-là.

Il eft obligé de fuivre la même loi à l'égard *del*
primo uomo qui doit toujours avoir des airs fupérieurs , fans quoi il n'y auroit point de fubordina-
tion fur la fcene : il arrive donc de là que le meilleur Opera fe borne à deux ou trois airs.

La variation continuelle , qu'on exige des Maîtres , eft un autre grand écueil. Les Italiens veulent fans ceffe du nouveau ; c'eft-à-dire , prefque

toujours du mauvais. Lorsqu'un Opera a été chanté une fois, on ne le chante plus ; il est mis au rang des compositions inutiles ; il n'importe qu'il soit excellent. On l'a entendu une fois ; cela suffit : voilà ce qui fait qu'on ne se fixe sur aucun Mode. Les François font mieux. En garde contre les nouveautés, ils ont un assortiment d'Opera adoptés par la nation, qu'ils remettent au Théatre tour-à-tour : de là vient que la Musique Françoise a un état un peu plus permanent, & que lorsqu'il est question des Opera de *Campra* & de Lulli, on y chante aujourd'hui comme on y chantoit il y a cent ans. Car il ne faut pas nous mettre dans l'esprit que nous devons avoir des accents différents de ceux de nos ancêtres ; ils avoient comme nous les mêmes passions : par conséquent nous devons avoir les mêmes accents. Cette inconsistence de la Scene Italienne fait que les Maîtres, en courant continuellement après ce qu'ils n'ont pas écrit, font réduits à écrire mal, parce qu'ils forcent leur imagination à force d'imaginer.

Le goût acheve de tout gâter dans la Musique. Il est étonnant qu'on pense toujours de même & qu'on veuille chanter continuellement dans un nouvel accent. D'abord le goût de *Farinelli* prévalut. *Carestini* (a) le changea & s'en fit

_____

(a). *On disoit alors* Canta alla Carestini, *bien-tôt on dit* alla Bernacchi, & *ainsi des autres.*

un à lui. *Bernacchi*, dont j'ai déja parle, parut & assujettit toute l'Italie au sien; mais il mourut & son goût avec lui. Celui d'*Amorevoli* prévalut quelque temps. Le goût d'*Egiziello* les effaça tous, &c. Mais tous ces goûts ont péri tour à tour, & le Maître qui voudroit les rétablir aujourd'hui, passeroit pour un Compositeur sans goût. Cependant on court toujours après ce phantôme, qui ne paroît pas plutôt qu'il fait place à un autre.

D'un autre côté, les Musiciens qui ont une fois pris la plume, ne la quittent plus. Les Opera sont éternels : c'est une maladie qui les conduit au tombeau. Ils composent des ariettes pour le Théatre, tandis qu'ils devroient composer des *requiem* pour le salut de leur ame. Leur Musique est éternelle comme eux. C'est radoter sur la Scene; il n'est plus temps de faire chanter, quand on est prêt à mourir. J'aurois bien bien d'autres choses, Milord, à dire sur la Musique Italienne; mais il ne faut pas toujours épuiser son sujet.

LETTRE CINQUIEME.

Milord ,

DANS les fiecles d'innocence, où l'amour n'é-
toit pas un triomphe pour le vainqueur,
mais la récompenfe de la vertu, où l'on s'aimoit
pour s'aimer, & non point pour fe féduire, il
n'y avoit point de jaloufie, parce que la jaloufie
avec toutes fes noirceurs n'avoit pas encore paru
fur la terre. Mais, lorfque la plus douce des
paffions devint un goût ; que la galantérie fut
fubftituée à l'amour, il fallut donner des efpeces
de monftres aux femmes pour les garder ; & afin
que ces monftres ne fuffent pas eux-mêmes de
nouveaux inftruments de leurs crimes, on leur
ôta la faculté de les commettre : trifte effet du
vice qui força la chafteté à détruire une partie
du genre humain, pour conferver la vertu de
l'autre. Voilà, Milord, la premiere origine des
Eunuques, c'eft-à-dire, du plus grand malheur
qui foit arrivé au genre humain. Il fut trifte de
voir l'amour lui-même déroger à fon principe,
arrêter la propagation pour conferver fa pureté ;
remede funefte qui, en marquant la grandeur du

mal , ne fervit qu'à l'augmenter. Pour garantir l'honneur d'une femme , on deshonora vingt hommes. Les Serrails d'Orient furent pleins de ces gardiens , d'autant plus cruels qu'ils étoient dans l'impuiflance d'avoir de l'humanité , & qui depuis , ont toujours fait payer au fexe le malheur d'un état dont il étoit la caufe. ·

La propagation de l'Europe , qui fe paffe maintenant de ces fentinelles d'amour , n'y a rien gagné. Le crime qui s'eft échappé de fa prifon , n'a fait qu'augmenter l'incontinence fans multiplier l'efpece. Le nombre des Eunuques , parmi nous , s'eft accru dans la proportion que nos mœurs ont dégénéré. C'eft qu'on en a fait un objet de luxe. Nous faifons fervir aujourd'hui , aux plaifirs du fexe , ces mêmes inftruments qui , en Afie , font pour lui l'objet de fes peines. Un art fondé fur la volupté allume le feu des paffions que l'Eunuque d'Orient eft chargé d'éteindre ; ainfi plus malheureux que le Turc , nous fouffrons tous les inconvénients de la molleffe fans jou'. des avantages de la contrainte.

Loi impuiffante qui tolere ce que tu défends , qu'importe à l'univers que tu te fois déclaré la protectrice de l'humanité , fi tu la laiffe fans ceffe mutiler ! Il eft inutile qu'il y ait d'excellents réglements fur la confervation de l'efpece , lorfqu'on ferme les yeux fur ce qui la diminue tous les jours. Eh toi, art sublime, rempli de nos jours de connoissances & de savoir, destiné à faciliter la propagation des mortels, pourquoi les fais-tu servir à leur destruction? Arrête ce fatal couteau qui anéantit l'espece humaine. Si tu n'écoute point ma voix, puisse le Ciel, protecteur des hommes, toutes les fois que tes ministres porteront des mains sacrileges sur cette faculté qui donne à l'homme celle d'engendrer, les réduire eux-mêmes dans l'état qu'ils réduisent ces tristes victimes dont ils deviennent les Bourreaux.

Faut-il mutiler les hommes pour leur donner une perfection qu'ils n'avoient pas en naissant? Question indécente qui offense la Divinité, en laissant douter qu'il y ait quelqu'attribut à ajouter à son ouvrage. De tous les êtres qui existent dans la nature, le nôtre est le plus admirable. Le monde physique, tout étonnant qu'il est, a moins de quoi surprendre; parce qu'il suffit d'établir quelques principes généraux pour connoître sa formation. Qu'on me donne de la matiere & du mouvement, disoit un grand Philosophe, & je vais créer un nouvel univers. En effet tous ces corps lumineux qui roulent sur nos têtes : le Soleil, la Lune, les Etoiles, tout ce qui tient à notre globe, la terre, les mers ne sont autre chose que la matiere divisée & soudivisée à l'infini, & que le mouvement tient en équilibre. C'est cette matiere

matiere qui fe compofe, & fe décompofe, qui
végéte, s'organife, devient fluide, circule fans
ceffe, dont les élements font compofés. Tous les
effets de la nature font connus par leur caufe.
L'air élaftique, en s'élevant des parties terreftres
les plus épaiffes, , va fe placer en équilibre dans
l'atmofphere. Le feu acquiert fa qualité brûlante
par l'agitation. L'Eau devient fluide. Les mers fé
balancent. C'eft le paffage de la Lune au Méridien
qui lui donne ce mouvement periodique & réglé.
Tout s'organife dans la nature. Les fels, les plantes, les Animaux doivent leur exiftence à une
chaleur féconde qui part du centre de la terre.
Voilà le monde Phyfique ; mais ce n'eft pas
encore l'homme. Sa machine eft encore plus
étonnante que le Syftême de l'univers. Machine
qui, comme l'a obfervé un grand Philofophe (a),
eft compofée de parties innombrables, dont plufieurs font d'une fineffe qui les rend impercepti-
bles à l'œil même le plus perçant ; machine qui
par fes parties folides, repréfente des leviers, des
cordes, des poulies, des poids & des contrepoids,
& eft affujettie aux loix de la ftatique ordinaire ;
qui par fes fluides & les vaiffeaux qui les contiennent, fuit les regles de l'équilibre & du mouvement des liqueurs ; qui par des pompes qui

_____

(a) *Voyez Des Cartes.*

Tome II.   K

aspirent l'air & qui le rendent, est asservie aux inégalités & à la pression de l'atmosphere, qui par des filets presqu'invisibles, répandus à toutes les extrémités, a des rapports innombrables & rapides avec ce qui l'environne : machine sur laquelle tous les objets de l'univers viennent agir, & qui réagit sur eux : qui comme la plante, se nourrit, se développe, & se reproduit ; mais qui à la vie végétale joint le mouvement progressif : machine organisée, méchanique, vivante, mais dont tous les ressorts sont intérieurs & dérobés à l'œil, tandis qu'au dehors on ne voit qu'une décoration simple à la fois & magnifique, où sont rassemblés & le charme des couleurs, & la beauté des formes, & l'élégance des contours, & l'harmonie des proportions. C'est là le corps humain. Mais l'homme est peut-être moins sublime de ce qu'il a un corps que parce qu'il a une ame. Tous les membres qui sont attachés à son existence sont autant d'appartements, où elle se promene. Otez-lui le plus petit cabinet, en quelque façon vous la rétrécissez. Ce n'est pas assez : vous la génez dans ses opérations. Il n'est pas douteux que la moindre fibre sert à émouvoir une sensation particuliere qui va se joindre à une plus grande, d'où elle part pour former le génie. Ainsi plus vous ôtez de celles là, & plus vous diminuez celui-ci.

Je vous demande bien des pardons, Milord, si je vous ai fait paffer en revue tant de perfections pour vous prouver qu'un Eunuque eft un être imparfait.

Il feroit peut-être temps qu'on fe raviffât fur un délit contre nature qui dépeuple le monde d'hommes pour le remplir d'Ariettes. Il faut bien que ce foit un grand crime, puifque toutes les nations de l'Europe fe font accordées à le bannir. Il n'y a que l'Italie qui a confervé le malheureux ufage de mutiler l'humanité (a).

Il ne faut pas fuppofer que le chant y ait gagné tout ce que l'humanité y a perdu; fi cela étoit, il y auroit une efpece d'indemnifation dans la nature qui la mettroit au niveau de l'art. Il en eft de la prévention fur la Mufique comme de toutes les autres que l'ufage autorife & que l'habitude laiffe fubfifter. En effet, qu'eft-ce qu'un *Soprano*? C'eft un Muficien qui chante à l'octave haute, & qui par-là eft à l'uniffon avec ce qu'on appelle ici : *Il Tenore*. Il eft queftion de favoir maintenant fi le *Soprano* & le *Tenore* avec le même degré de force dans la voix, l'un chantant à l'octave haute, & l'autre à la baffe, celui-là fe fait mieux entendre que celui-ci? Je dis que non; je prétends même que ce dernier a l'avantage fur le premier; d'abord

_____

(a) *Il n'eft pas accordé, mais feulement toléré.*

K 2

parce qu'une voix naturelle a toujours plus de
corps qu'une voix artificielle ; & ceci peut fe
prouver par des exemples , dont l'Italie elle-même
a été témoin. Babbi couvroit la voix de tous les
Soprani de fon temps. Aucun n'ofoit réciter avec
Amorévoli. C'eft que les tons aigus perdoient beaucoup , lorfqu'on chantoit avec lui. Bellini avoit
la voix fi fonore , qu'on n'entendoit que lui fur
la Scene , & maintenant Raffa , tout vieux
qu'il eft , éclipfe prefque toujours ce qu'on appelle ici en terme d'Opera *il primo uomo*. Ti-
baldi 'dans un âge avancé fe diftingue par une
voix très-étendue , &c. Je pourrois vous citer une
foule d'autres *Tenori* qui ont confondu tous les
premiers *Soprani*.

La feconde queftion fe réduit à favoir , fi le
Soprano (toujours dans la même égalité de voix)
a plus de mélodie & touche plus que le *Tenore.*
Je dis encore ici que non. Sans quoi il faudroit
fuppofer encore ici que la nature s'eft trompée ,
ce qui renverfe le grand Syftême Phyfique qui
feul peut nous fervir de point d'appui dans le
chant comme dans tous les autres arts ; Et lorfqu'on avance que les voix des Eunuques plaifent
plus que les voix naturelles , on ne veut pas dire
par-là qu'elles foient plus parfaites , mais qu'on
eft plus prévenu en leur faveur.

Quelques-uns avancent que de couper les enfans

cela dispose la machine Physique. Ceci n'est pas exact. Pour un *Soprano* qui chante bien, il y en a cent qui chantent mal, ou ce qui est la même chose, ne peuvent plus chanter à un certain âge. Les villes d'Italie sont remplies de jeunes Eunuques invalides qui sont obligés de chanter dans les Eglises faute d'avoir assez de voix pour suivre le Théatre ; car ce n'est qu'après qu'on ne peut plus briller sur la Scene, qu'on se réduit à prendre une chapelle. Il ne faut qu'avoir les premieres notions de la nature du corps humain pour être persuadé de ceci. Tout ce qui est artificiel porte à faux & par conséquent renferme un germe de destruction ; c'est une loi fondamentale de la nature, contre laquelle l'art ne prévaudra jamais. Maintenant, il n'y a plus que deux où trois *Soprani* quoi soient en état de représenter sur les premiers Théatres de l'Europe, quoiqu'il y ait une foule d'Eunuques dans le monde chantant. Ce n'est donc pas la coupe qui fait le chant ; & si on a moins de *Tenori* que dans les Siecles passés, il faut l'attribuer à la Musique qui n'est plus chantable, & non aux voix naturelles qui sont aussi belles qu'elles l'étoient autrefois. On ajoute que pour un *Tenore* il y a dix *Soprani* : j'en fais bien la raison, c'est qu'on coupe beaucoup d'enfants.

La Profession de Musicien est bornée à un cer-

tain nombre défini ; or, lorsqu'on fait beaucoup
d'Eunuques, il y a moins de *Ténori*. Ceux-là prennent fur ceux-ci ; qui peut douter que *Cariftini*
n'eût été un excellent baffe, lui qui conferva des
tons très-graves, lorsqu'on l'eut deftiné à en former de très-aigus ? Il eft très-probable que *Cafarelli* fe fût diftingué fur la Scene par une voix
naturelle, & qu'*Egiziello* homme eût fait verfer
plus de larmes qu'*Egiziello* Eunuque ; on peut
préfumer que *Guadagni* eût été un excellent haute-
contre.

La Chirurgie nous apprend bien qu'un enfant
qu'on coupe aura la voix claire ; mais elle ne
nous dit pas qu'il l'aura belle ; il eft même à préfumer qu'il l'aura fauffe, c'eft que la révolution
qui fe fait dans la nature la détermine rarement
à être vraie.

Sur cent Eunuques, il y en a ordinairement
quatre-vingt-dix qui fe lamentent de leur fort,
& qui racheteroient la condition d'homme au
prix de la plus brillante fortune. Un courtifan,
dans les dernieres guerres de la France, difoit un
jour au premier *Soprano* de Verfailles : M. les
affaires vont mal. Louis XV va réformer fa chapelle ; préparez-vous à partir pour l'Italie. Fort
peu m'importe, répondit le Muficien, que le Roi
me renvoie, pourvu qu'il me rembourfe.

On a beaucoup parlé dans ce fiecle de cette

génération chantante, qui s'est ouverte une porte à la musique aux dépens de sa postérité, & qui a enté ses talents sur la destruction du genre humain. Il a été question de savoir si cette espece peut remplir l'objet qu'on s'étoit proposé en la mutilant. Après bien des objections, l'énigme a resté. Je ne dirai qu'un mot là-dessus.

Des Etres indéfinis par leur nature, dont le sexe est équivoque, amphibies par état, en qui la voix laisse douter du genre, qu'il faut le plus souvent habiller en femmes, afin qu'il ne leur reste rien de l'homme, & dont toute l'éducation se réduit à chanter & le génie à mélodier; des Etres qui viennent au monde en solfiant & qui meurent en chantant, ne sauroient avoir ce talent que donne la nature dans un état où rien ne doit être déplacé.

Au reste, Milord, je ne prétends pas faire une satyre de ceux qui, sans avoir coopéré à leur imperfection, se trouvent imparfaits. Cette regle a beaucoup d'exceptions.

Le Chevalier qu'on nommoit autrefois Farinelli, est rempli d'honneur & d'équité; on l'a vu se soutenir long-temps au milieu d'une Cour orageuse sans employer d'autre politique que celle de sa probité; caractere bien estimable dans un courtisan, & qui ne se trouve presque jamais à la cour des Rois, où l'ambition regarde comme perdu tout ce qu'elle n'obtient pas. Ce Chevalier qui jouit aujourd'hui d'une fortune très-honnête, bien inférieure cependant à son premier talent & à ses qualités personnelles, ne se méconnoit pas; ce qui le met au-dessus de ses richesses. Il fait du bien à tous ceux que la misere réduit dans l'indigence & qui ont récours à lui. Il ne fait un objet de faste de ses générosités. En donnant il retire la main; ce qui rend ses dons plus précieux, c'est qu'ils ne mortifient point. Ceux qui nous donnent ont déja trop d'avantage sur nous: s'ils y joignent l'humiliation, leurs dons achevent de nous accabler.

Egiziello étoit l'honnêteté même. Il est impossible de porter plus loin les vertus morales.

Aprile a de la douceur & de la modération; il oublie qu'il est Musicien pour faire ressouvenir aux autres qu'il devroit être homme.

Le moindre des talents de *Maffanti*, est la musique.

Guadagni, retiré à Padoue, dont je vous ai parlé dans ma premiere lettre, a le caractere honnête, l'ame noble & belle, & cent autres, dont je pourrois vous parler, qui réparent par leurs qualités l'avilissement de leur état.

LETTRE SIXIEME.

Milord ,

LOrſqu'un profeſſeur, en Italie, n'a point de voix , qu'il l'a fauſſe ou mauvaiſe , lorſqu'il ne peut pas exercer la Muſique, ſon parti eſt pris , il ſe fait Maître de Muſique. On dit pour raiſon , qu'il n'eſt pas beſoin de chanter pour montrer à chanter. C'eſt comme ſi l'on diſoit qu'un Maître Ecrivain n'a pas beſoin de ſavoir écrire pour enſeigner à écrire. Je crois bien qu'il n'a pas beſoin d'une voix très-étendue , mais il eſt néceſſaire qu'elle ſoit nette & juſte. L'éleve eſt le bœuf qui traîne la charrue du chant, ſi celui qui la conduit ne ſait pas donner le coup de collier , le champ de la Muſique ſera mal ſillonné. Un mauvais Peintre ne ſauroit faire que de mauvais éleves. Ce n'eſt pas aſſez pour un profeſſeur de ſavoir toutes les regles de ſon art , il faut encore qu'il ſoit en état de l'exercer , ſur-tout celui de la Muſique , où tous ſes accents ſe fraient un chemin à l'ame par le canal de l'ouie.

Mais s'ils ne ſavent pas exercer la Muſique ,

à la place de celle-ci, ils savent enseigner bien
d'autres jolies choses au beau sexe. La premiere
leçon que le Maître donne à l'Ecoliere est de lui
inspirer de l'amour. Les compositeurs d'Opera se
rendent amoureux de la premiere femme, ceux-ci
le deviennent de toutes les femmes. Or un professeur amoureux de son Eleve a bien autre chose
à faire avec elle qu'à lui enseigner à chanter. Il
est question de la séduire. Le Maître devient esclave, & un esclave n'est bon à rien. Je me trompe:
il est bon à remplir le cœur d'une passion qui le
distrait du chant. Car lorsqu'on aime bien, on
chante mal. Ce n'est pas que ces Messieurs soient
de fort aimables Cavaliers ; en général ils sont laids
à faire peur ; mais la facilité que leur donne leur
profession de passer des heures entieres auprès de
jeunes personnes du sexe sans expérience, les
Ariettes qui ne parlent que d'amour, la proximité
de celui qui les leur apprend, en allumant des désirs, font ce que d'autres hommes plus aimables
n'auroient pu faire. Car tout est occasion dans
cette passion comme dans toutes les autres. Il est
question du moment, & ceux-là le trouvent presque
toujours.

A l'égard de leur profession en elle-même, ils
manquent par le principe. Croiriez-vous, Milord, qu'il n'y a presque point aujourd'hui dans
toute l'Italie un seul Maître qui soit en état de

faire faire l'échelle à un Ecolier ou à une Ecoliere ?
Il est vrai que ce premier Elément de la Musique
est le plus difficile de tous. Donner de la force
à tous les tons fans les forcer ; foutenir chaque
note ; les entonner dans leur perfection , filtrer
tous les fons de la Gamme ; aller au plein de la
voix par gradation , est le fublime de cet art que
peu de Maîtres mettent en pratique. J'en fais bien
la raifon : c'est que c'est trop pénible. Cependant
fans cette premiere Ecole on ne peut point chanter. Je ne faurois mieux vous comparer la voix
qu'à un Orgue. Si tous les tuyaux ne fe reffemblent point chacun dans la note qu'ils doivent
exprimer ; fi le moindre de ceux-ci est foible &
imparfait , l'Organiste aura beau être habile , toutes
les fois qu'il touchera cette note , il y aura une
diffonance dans l'harmonie.

On m'a parlé d'un Maître de Musique de Boulogne, du temps de l'école de Bernacchi, qui ne
faifoit autre chofe que de montrer l'échelle à fes
Ecoliers , & lorfqu'il la leur avoit enfeignée dans
cette perfection que vous venez de voir , il les ren-
voyoit en leur difant : *Andate a cantare , che
adeffo fiete Virtuofi.* Je crois bien , Milord , que
la Gamme ne forme pas tout le chant ; mais elle
est une grande partie du chant. Je regarde l'échelle
comme le premier outil de la Musique ; fi on ne
fait pas la Gamme , on faura encore moins les

notes. Quoique l'Italie foit remplie de Chanteufes, il n'y en a peut-être pas dix qui fachent,
comme on l'appelle en France, lire à livre ouvert. Il eft vrai que, d'un autre côté, elles ont
l'avantage, car que le livre foit ouvert ou fer-
mé, elles chantent toujours. Pour peindre, il faut
favoir le Deffein. On eft plus habile ici, on fait
la Mufique fans avoir appris à la deffiner. L'Oreille
fait tous les frais du chant. Il fuffit d'avoir de la
mémoire pour acquerir la reputation de *Virtuofa*.

Je fus ces jours paffés chez une chanteufe de
profeffion pour l'entendre. Après bien des objections fur un rhume qui ne la quittoit pas depuis
un mois & un mal de gorge éternel qui l'empê-
choit de chanter, elle fe mit en devoir de me
fatisfaire. Il y a apparence que cette *Virtuofa* ne
favoit ni lire ni écrire ; car en prenant l'air pour
le placer fur le Claveffin elle le tourna par mé-
garde du haut en bas, de maniere qu'en ouvrant
le premier feuillet, on lifoit au bas de la page
en caracteres renverfés *fine dell' Aria*. Comme je
m'apperçus de la méprife, je le pris & je mis
dans fon fens ; mais la chanteufe piquée, & qui
fans doute ne vouloit pas paffer pour inlettrée, le
reprit affez brufquement, le plaça une autre fois
comme elle l'avoit placé d'abord : *Sappia, Signora,
che quefta è un' Aria L'brea, cavata dalla Sinagoga
dei Giudei che comincia per il fine.* En ce cas,
lui

lui dis-je : je vous demande bien des pardons, je vous avoue mon ignorance , je ne savois pas que Moïse se fût mêlé de Musique Italienne ; & encore moins que les Rabbins chantassent des Ariettes.

Le lendemain de l'air de Moïse , je me portaj dans une autre Maison pour y entendre une chanteuse qui avoit de la réputation. A peine m'eut-elle reçu , que son Maître parut. *La Signora* lui dit le sujet de mon voyage : *Mi rallegro Signora* , me dit-il en m'adressant la parole , *ella sentirà una Virtuosa dispavento.* Y a-t'il long-temps, Mademoiselle , que vous apprenez la Musique ? *E'poco* , repondit le Maître ; *sono solamente sei anni. S'ingannan Signor Maestro* , interrompit la Virtuosa , *son dodici ; Che importa* , reprit-il brusquement , *che sieno anche venti , se il maestro ch'era prima di me era un asino che non sapeva far fare la scala ai suoi Scolari.* Et vous, Monsieur, la faites-vous faire à ceux à qui vous montrez la Musique ? *No Signora , questa non è mia Scuola; il mio metodo è differente da quello degli altri professori, che per la maggior parte sono ignoranti, ignorantissimi. Io insegno alle Signore donne senza far loro vedere le note , nè le parole.* J'aurois pourtant cru que l'une & l'autre étoient nécessaires pour chanter. *No Signora , questo non è necessario, questo è un inganno generale. Volete vedere se questo è vero ? Mi basta d'una semplice interrogazione. Le Virtuose che rappresentano in Teatro, quando cantano le Arie, vedono esse le note e le parole ? Ma Signor no, che non vedono nè queste, nè quelle ; basta che faccian stravedere la platea, eccole subito Virtuose. Ora se non hanno bisogno in Scena di vedere le note e le parole, cosa hanno di bisogno di vederle in Camera ? Il Signor Maestro dice bene,* ajouta la Virtuosa. *Aggiunga di più che per questo metodo noi altre Cantatrici siamo liberate da un grand' empaccio, cioè da quei maledettissimi solfeggi , che ci fanno dar l'anima al diavolo. Ma Signora ,* interrompit – elle , *vado a cantare un' Arietta.* Et aussi-tôt elle en prit une au hazard, sans prendre garde aux paroles, car, selon sa méthode, elle n'en avoit pas besoin. *Quest'aria è quella del misero Pargoletto, il tuo destin non fai.* Comme je m'étois placée derriere elle , & que je pouvois lire les paroles de l'air , je vis que celui qu'elle avoit placé sur le *Letterino* commençoit par ces mots, *son in mar , non veggo sponde , mi confonde il mio periglio ,* paroles qui convenoient à son talent. Cependant je me gardai bien de la faire appercevoir de la méprise ; car comme la Virtuosa du jour précédent avoit chanté un air hébreu qui commençoit par la fin , je dis en moi-même, celui-ci est peut-être un air Chinois dont les paroles *sono in mar non veggo sponde , mi con-*

fonde il mio periglio, veulent peut-être dire *mi-sero pargoletto il tuo destin non sai*, car vous savez, Milord, qu'à la Chine chaque lettre est une figure qui représente le signe de la chose qu'on veut exprimer; or comme je n'entends pas le Chinois, je suspends mes doutes.

Elle se mit à chanter, mais fort mal, malgré les douze ans d'Ecole, & la nouvelle méthode de son dernier Maître. Pendant ce temps-là *il mi-sero Pargoletto* éprouvoit un malheureux destin, car le petit chien de la *Virtuosa*, qui l'avoit volé sur une chaise, où il étoit, le déchiroit à belles dents en le traînant par toute la chambre. Je le lui arrachai, & le mis sur le Lettorino à la place de celui qu'elle croyoit chanter. Quoique la *Virtuosa* fut accoutumée de chanter sans voir les notes & les paroles, elle ne put s'empêcher de rougir.

Quoique ces Chanteuses n'ayent pas dans leur talent la valeur d'une note, leurs Maîtres ne laissent pas de les hazarder dans les morceaux les plus difficiles du chant. Je me trouvai ici il y a quelque temps à la chûte d'une de ces *Virtuose* qui peuvent chanter sans ouvrir le livre. Il étoit question d'une Ariette de Jumelli dont la Musique étoit mal-aisée. Elle commença assez bien, mais au milieu de celle-ci les difficultés augmentoient toujours & la mémoire lui manquoit; elle s'arrêta tout court en s'écriant : *questo ultimo passo è troppo bello, mi sospende i sensi, mi rapisce l'anima, non lo posso eseguire.* Et planta là son Auditoire.

Henri IV, en passant par une petite ville de France, fut harangué par la communauté. Celui qui fut chargé du compliment, le commença ainsi : Sire, le plaisir que nous avons de vous voir est si grand que....... ici il se trouva embarrassé. Un Courtisan de la suite du Roi voulant le tirer d'affaire, reprit ainsi son discours : Oui le plaisir que nous avons est si grand que nous ne pouvons l'exprimer.

La Bastardina a fait tout plein de mauvaises Chanteuses, ou pour mieux dire, les Maîtres, en voulant faire chanter celles-ci à l'Octave haute, ont achevé d'estropier la Musique, ainsi que je vous l'ai fait observer dans ma premiere lettre. Un de ces professeurs voulant faire une de ces *Virtuose* qui lui fît honneur par un talent supérieur, lui proposa de chanter de ces airs, dont les tons vont au-dessus du Clavecin. *Signor Maestro*, lui dit celle-ci, à peine *posso toccare l'Ela mi* si vous me donnez *delle Arie che vadano fino al Ge sol re, non vi griangerò mai.* Ce qui m'a fait souvenir de ce Gascon à qui quelqu'un disoit à Paris, qu'on alloit faire battre une Monnoie en France, où le Roi seroit à cheval. Hélas, dit-il : J'ai bien de la peine à le joindre maintenant qu'il est

à pied : fi une fois il eft à cheval , je ne l'atteindrai
plus.

Au refte il n'y a pas de mortels plus intéreffés
fur la terre que ces maîtres. Vous avez beau les
fatisfaire pendant des années , fi vous manquez
de les payer un feul mois , ils font d'une humeur
de chien. Je fus témoin il y a quelque temps d'une
fcene qui me divertit beaucoup. Un de ces profeffeurs qui ne s'entendent que d'Ariettes , vint
dans une maifon où j'étois , pour donner leçon
à une *Virtuofa* de Théâtre , déja d'un certain âge.
Comme cell' ci n'étoit pas des plus exactes au
payement de la *mefata*, elle lui demanda ce qu'elle
chanteroit ce jour-là . *Non fo* , lui dit-il , *la voftra
Mufica è molto imbrogliata , non ci vedo chiaro.*
Vous avez raifon , lui dit le protecteur qui étoit
François & qui fe trouvoit là , d'avoir la vue lou-
che. Tenez , Monfieur le Maître , en lui mettant
deux fequins dans la main ; voilà de quoi acheter
une paire de lunettes. *Bravo* , dit le Maître , *il
rimedio è ottimo, già comincia ad operare : fe do-
mani voftra Eccellenza mi dà ancora due Zecchini ,
avrò gli occhi acutiffimi.*

Quelques Phyficiens ont prétendu que l'argent
contient une vertu occulte qui fortifie la vue. L'expérience s'en fait tous les jours chez les Maîtres
de Mufique. Les jours qu'on leur paye le mois
ils découvrent jufqu'aux plus petites femi-chromes ,

L. 3

mais, lorfqu'il eft prêt à finir, à peine voyent-ils les notes fermes.

Mais s'ils font intéreffés, quelques-uns d'entre eux font encore plus fourbes. Je me fouviens que, lorfque j'étois à Londres, un Maître Italien, pour fe venger d'une Ecoliere qui l'avoit quitté pour un autre, s'avifa de lui vouloir faire payer quatre mois de leçon qu'elle ne lui devoit pas. Il la fit citer devant un juge de paix qu'il avoit prévenu. L'Ecoliere comparut. Que répondez-vous à cette demande, lui dit le Juge ? Monfieur, je réponds que je dois autant quatre fequins que fix. Jufte-ment c'eft fix, reprit le Maître : je voulois lui faire grace de deux, mais puifqu'elle accufe la dette, je prétends qu'elle la paye. Vous voyez, Mademoifelle, lui dit l'homme de paix, que vous venez vous-même de prononcer votre Sentence.

LETTRE SEPTIEME.

Milord ,

DE tous les animaux qui rampent sur la terre, il n'en est point de plus singuliers que ceux qu'on nomme en Italie Entrepreneurs d'Opera. On peut les regarder comme des Etres chargés de la joie publique, qui ont la direction des gambades & du chant. Ils ressemblent à ces Marchands qui vont à l'Amérique portugaise pour y acheter en gros des singes & des pérroquets, pour vendre ensuite en détail leurs gentillesses & leur jargon.

Cependant ce trafic d'alegresse a ses peines & ses travaux. Il faut qu'un Entrepreneur d'Opera ait un grand livre, où sont enrégistrés les noms, l'âge, le poil, la beauté, la laideur, & les qualités de ceux ou celles qui doivent faire valoir, pour m'exprimer ainsi, la boutique de son Commerce. L'Entrepreneur qui a vieilli dans l'entreprise a une espece de Carnet raisonné pour se rendre compte à lui-même du mérite des postulants qui se présentent, ou qu'on recherche de maniere que lorsqu'il s'offre un sujet en chant ou en danse,

Il n'a qu'à l'ouir & il est d'abord au fait de son talent. A l'egard du prix, cela dépend des circonstances & de leur rareté relative. Lorsque les Hollandois ont beaucoup de fonds à Paris, les lettres qu'on leur demande sur cette place sont à bon marché : *vice-versa*, si les François en ont beaucoup à Amsterdam, les remises sont cheres en Hollande. Voilà l'Agio du Commerce des Entrepreneurs d'Opera. Je surpris ces jours passés un de leurs Registres qui m'a beaucoup diverti, & qui sans doute vous amusera. Le titre commençoit ainsi en gros caracteres.

Memoria per dirigermi nell'impresa del Theatro, che io ho incominciata l'hanno passato, e che finirò subito che sarò ricco.

Primi Uomini.

MAZZANTI : alla larga. Dio ne liberi ogni buon Impresario ; è un gran virtuoso è vero, ma non ha più voce.

FILIPPO ELISI : Peggio. Ha finito di cantare, ma se volesse incominciare un'altra volta, non bisogna scritturarlo a qualunque prezzo che sia.

MANZOLI : una volta buon cantante, ma adesso ha finito anche lui. Se mai si presentasse all'Impresario, devo dire, è finito il tempo, non ci sono più doppie di Portogallo.

AFRILE : sa la Musica, è virtuoso, recita

molto bene , ma però l'Imprefario deve andar con lui con cautela , perchè la voce non è delle più felici.

GUADAGNI : è veramente un poco tardetto per andare in Scena , perchè ci fono gli annetti : nulladimeno bifogna fcritturarlo , perchè v'è ancor da fare dei Zecchini con lui.

VENANZINI : bravo , gran cantante , bello , il vero fpecchio d'amore : un' Imprefario deve guadagnare affai con lui, perchè molte Donne vanno all'Opera a pofta per vedello. Ma bifogna fcritturarlo prefto , perchè il ragazzo incomincia a diventare un poco graffotto.

Prime Donne.

La GABRIELLI ; è impegnata per tre anni a Petersbourg ; quefti benedetti Mofcovit ci rubano tutte le noftre prime Donne. *Il difguftofo per noi è , che pagano affai.* Di modo che quando ritornano di là , dimandano delle gran paghe , che pel più rovinano gl'Imprefarj ; però finito che fia il fuo tempo , conviene fcritturarla ; è vero che ha degli anni , ma non importa , è fempre una gran virtuofa , maffimamente dopo un certo motivo che le ha fchiarito la voce della metà.

La BASTARDINA. Quefta è troppo cara, non torna conto di trattar con lei ; Chi è quel Imprefario che può dare due mila Zecchini per tre acuti fuori di Cembalo !

La T A I B E R ; è buona affai, ma non per l'I_
talia ; questa è una Virtuofa, che deve far molto
in Germania, o fopra qualche gran Teatro del Nord.

La G I R E L L I : un Imprefario deve fcritturarla
non che canti bene, perchè la fua voce è un poco
ftrillante, ma perchè l'hanno pagata bene in In-
ghilterra ec. ec.

Je ne vous pa... point, Milord, d'autres *Vir_
tuofi*, tant hom... que femmes, qui étoient dans
cet inventaire ... cal, parce qu'ils font d'un ordre
inférieur, *...* ce leurs talents font peu connus
dans la R ... ...ique chantante.

Outre ce Mémoire général chaque Entrepreneur
a un recueil de maximes théatrales : en voici
quelques-unes.

Che in materia di Cantanti non bifogna che
l'Imprefiario fi fidi troppo fopra le grida pubbliche,
perchè una virtuofa, che piace molto in un paefe,
non piace in un altro, di modo che l'Imprefario
che ha pagato molto per la di lei fama refta min-
chionato.

Che la prima Donna deve effer brava, e la
feconda bella, e tutte due devono aver i loro pro-
tettori, fenza di che l'Opera va in terra.

Che le dette Virtuofe abbiano nella platea venti
o trenta perucchieri o calzolari, che battano le
mani alle prime recite, affine d'incoraggire il refto
del pubblico a fare il medefimo.

Boulogne eſt le grand Magazin, d'où les Entrepreneurs tirent toutes les pièces pour former leurs Opera. Les chanteurs, chanteuſes, danſeurs, danſeuſes ſe rendent là de toutes les parties d'Italie : je ne vous dirai pas pourquoi ce pays de l'Egliſe eſt réſervé pour être l'entrepôt de tant d'honnêtes gens ; car l'Univers eſt rempli de contradictions.

Ces Entrepreneurs ont leurs agents dans toutes les villes d'Italie qu'on appelle *Senſali delle donne di Teatro*. Vous comprenez bien, Milord, que ces *Senſali* le font d'autre choſe, car on ne s'enrichit jamais par une ſeule profeſſion. Il faut toujours y joindre une ſeconde, ne fût qu'à cauſe du proverbe Italien, qui dit *che uno è la metà meno di due*.

Non ſeulement les Milanoiſes, les Romaines, les Napolitaines & les Vénitiennes, cherchent à repréſenter ſur la ſcene Italienne, mais encore les Angloiſes, les Suiſſes & les Allemandes, ce qui fait une confuſion dans les langues : on ne s'entend plus ; c'eſt la tour de Baſel.

LETTRE HUITIEME.

Milord ,

CEtte Lettre fera un peu plus grave. Il ne faut pas toujours badiner. Si je ne vous parlois point du tout de cet art qui a été le premier objet de ces Lettres , vous pourriez m'accuſer de vous avoir écrit de la Muſique ſans Muſique. Il eſt vrai que je vous ai annoncé un ouvrage contenant le chant pratique'; mais il faut que je vous préparе d'avance à en recevoir les premieres impreſſions.

On eſt ſi peu avancé ſur la Muſique vocale & inſtrumentale , qu'on ne ſait pas encore ſi elle peut être utile à quelque choſe; les uns la regardent comme une ſimple ſenſation qui peut ſatisfaire l'oreille & nous donner du plaiſir , & les autres comme une ſcience qui peut être réduite en principes. Quant à toutes les découvertes que nous avons faites à l'é rd des rêveries des anciens là-deſſus, il faut les ajouter à toutes celles de la même eſpece ; car les philoſophes rêverent très-profondément pendant deux ou trois mille ans : c'eſt à nous à expliquer leurs ſonges.

Quoique

Quoique toute l'antiquité ait chanté, on peut
dire que la Musique a fait moins de progrès que
toutes les autres sciences. C'est que les philosophes
qui s'y sont adonnés, ont trouvé un vuide im-
mense, & qu'elle à échappé à la Géométrie,
qui seule peut mesurer les progrès de l'esprit humain. Ce qu'on a dit jusques-à présent sur celle-ci,
n'a fait que partager l'opinion des savants, c'est-
à-dire, exciter des disputes aussi vaines qu'inutiles. Renvoyer le lecteur à ce qu'on a écrit là-
dessus il y a vingt siecles, c'est le tuer littéraire-
ment, en l'envoyant dans un autre monde, chanter avec les morts.

On a souvent regretté que les Grecs & les Romains n'ayent pas laissé un traité complet sur la
Musique, qui puisse nous servir de guide. En
vérité, Milord, nous sommes heureux de n'avoir
pas ce vaste magazin de notes inutiles qui n'eût
servi qu'à augmenter nos doutes, & exciter de
nouvelles questions. Pourquoi multiplier les ombres
des sciences ? Notre siecle n'a déja que trop de
Phantômes littéraires.

On divise la Musique en deux parties. La mélodie
& l'harmonie ; mais cette division, toute nécessaire
qu'elle est, n'est pas juste dans ses principes.

La mélodie est si arbitraire, que les sons qui
affectent tant un individu, ne remuent aucune
sensation dans un autre. Il y a plus : les accens

Tome II. M

juftes d'une voix, ou ceux d'un inftrument qui font tant de plaifir à une premiere oreille, cauferont une diffonance dans une feconde, c'eft-à-dire, forment en elle un dégoût qui déplaît. Je vous ai fait voir, Milord, dans ma premiere lettre, que les fons du tonnerre & du canon que j'ai comparés aux notes les plus fonores de la Mufique, n'affectent pas également; ce qui prouve que l'oreille, ce canal des fenfations, s'affoiblit par les fons les plus fonores qui devroient l'agiter.

Les François, naturellement gais, bâillent aux Opera de Naples, & les Italiens ne manquent pas de dormir profondément à celui de Paris. Je me fouviens à ce fujet d'un Vénitien qui fe trouvant à ce fpectacle, lorfqu'on repréfentoit *les fêtes Vénitiennes*, demanda à un François, qui étoit à côté de fa loge, un moment avant que l'Opera finit : *Signore quando fi canta ?* Eh Morbleu, Monfieur, répondit le François prefque en colere, ne l'entendez vous pas ? il y a quatre heures qu'on chante. *Le dimando perdono, Signore, lui dit le Vénitien, fe io le ho fatta quefta domanda, perchè nel mio paefe non è cantare quefto, fi chiama falmeggiare.* Voilà donc les deux premieres Nations de l'Univers chantant qui font diametralement oppofées l'une à l'autre dans leur mélodie muficale. Pour procéder dans les regles fur cet Art, il faudroit établir là-deffus des loix générales immuables :

c'est ce qui n'est pas encore fait, & ce qui proba-
blement ne le fera jamais, parce que la modulation
tient au degré de sensibilité, & que celle-ci dépend du nombre & de la qualité des esprits animaux, qui varient autant chez les hommes que
les traits de leurs visages.

Lorsqu'on parle d'accords parfaits, on ne veut
pas dire par là qu'ils le soient généralement ; car
s'ils l'étoient, ils affecteroient également, & l'expérience prouve tous les jours le contraire. On
peut tout au plus leur accorder de l'être relative-
ment. Or ce qui ne porte point le caractere d'uni-
formité, est trop arbitraire pour porter le nom de
perfection, & s'il en étoit autrement, il n'y auroit rien d'imparfait dans la nature, parce que
tout est relatif de nation à nation, ou d'homme
à homme. Les Turcs ont un Art militaire que
nous trouvons absurde ; pour eux ils le regardent
comme un modele de la bonne discipline d'où ils
ont tiré leur grandeur, parce qu'il leur a fait con-
querir l'Asie.

Les Loix de l'harmonie sont très-nouvelles :
il n'y a que deux siecles qu'on en parle, mais
on n'est guère plus avancé que dans celui-ci. On
peut présumer que les Grecs & les Romains, grands
amateurs des théatres & de la Musique, n'y en-
tendoient rien du tout. Pour nous, on ne sait si
nos propres lumieres ne servent pas elles-mêmes

M 2

& nous égarer. Ce qu'il y a de certain, c'est que nous marchons à tâtons dans cette carriere obscure. Or les ténebres ne furent jamais propres à éclairer l'esprit. *M. Tartini* est aussi sombre & obscur, lorsqu'il traite de l'harmonie, qu'il étoit clair & brillant lorsqu'il jouoit du Violon. Il est aussi difficile aux savants de le saisir dans ses calculs sur les sons, qu'il l'est aujourd'hui aux professeurs d'exécuter ses sonates. C'est la maladie des grands hommes, de ne vouloir pas être entendus. Il faut qu'on les devine. On fut obligé d'étudier long-temps Descartes avant de le développer.

M. Rameau est plus clair ; mais il n'est guere moins inintelligible : c'est qu'il travaille à côté de la nature, & non pas dans la nature. Aussi M. d'Alembert qui explique ses idées, prévient le lecteur : ,, qu'il ne faut pas chercher dans son sys-
,, tême cette évidence frappante qui est le propre
,, des seuls ouvrages de Géométrie, & qui se
,, rencontre si rarement dans ceux où la phy-
,, sique se mêle. Il entrera toujours, ajoute-t'il,
,, dans la théorie des phénomenes Musicaux une
,, sorte de Métaphysique que ces phénomenes sup-
,, posent implicitement & qui y porte son obs-
,, curité naturelle ; on ne doit point s'attendre
,, en cette matiere à ce qu'on appelle démonstra-
,, tion ''. Or tout ce qui en fait d'Arts & de Sciences ne peut pas être démontré, laisse une porte ouverte

à l'incertitude. Le grand fyftême de l'harmonie, d'ailleurs fi fonore, n'eft appuyé que fur des rai-fonnemens d'analogie & de convenances. Souvent ce guide leur manque ; alors l'Auteur qui rentre dans l'arbitraire va comme il peut.

Le mal eft que la réfonnance des corps fonores ne s'accorde pas toujours avec les principes de la Mufique, ce qui réduit cet art à des conjeçtures ; vice qui plonge les arts dans un labyrinthe, où l'efprit s'égare faute de guide. Il eft vrai qu'il y a des fons dont on trouve l'origine, mais il y en a dont on ne la découvre point, & dans ceux-ci les faifeurs de fyftême fubftituent des mots aux chofes, c'eft-à-dire, des riens à la place de ce qu'ils n'entendent pas, car c'eft là un des grands arts de notre fiecle, de plâtrer ce qui eft au-def-fus de l'entendement humain, & de boucher le trou, pour m'exprimer ainfi, de l'intelligence.

L'Auteur qui a donné le traité le plus complet de l'harmonie, eft obligé d'appeller des favants à fon fecours pour achever ce qu'il n'a fait que commencer & qu'on n'achevera peut-être jamais, par la raifon qu'il y a des ouvrages dont le com-mencement fuppofe la fin. Il faut qu'un auteur qui donne un fyftême, l'ait conçu dans toute fon étendue ; fans quoi fon ouvrage eft en pure perte pour le monde favant. Si Newton n'avoit completé fon traité de la lumiere, perfonne après lui ne l'eût

M 3

completé. Defcartes créa, conçut, imagina & fuit
fa philofophie. On l'a depuis réfutée, mais elle
étoit achevée.

On n'a pas été fi heureux dans la Mufique,
qui malgré le nombre de fes écrivains a laiffé de
grandes obfcurités. Car, lorfqu'on faura avec M.
Rameau : ,, Que le chant n'eft autre chofe qu'une
,, fuite de fons qui fe fuccédent les uns aux autres
,, d'une maniere agréable à l'oreille.

,, Que l'accord eft le mélange de plufieurs fons
,, qui fe font entendre à la fois.

,, Que l'harmonie eft proprement une fuite d'ac-
,, cords qui en fe fuccédant flattent l'organe.

,, Que dans la mélodie & dans l'harmonie,
,, l'intervalle eft la différence qu'il y a d'un fon
,, à un autre plus ou moins aigu.

,, Que le fon *ré* eft plus haut, ou plus aigu
,, que le fon *ut*, le fon *mi* plus que le fon *ré*
,, &c. & que la différence du fon *ut* au fon *ré*
,, eft moindre que l'intervalle ou la différence du
,, fon *ut* au fon *mi*.

,, Qu'en général l'intervalle de deux fons eft
,, d'autant plus grand, que l'un de ces fons eft
,, plus aigu ou plus grave par rapport à l'autre.

,, Qu'une corde de violon touchée avec un
,, archet rend toujours un fon également aigu,
,, foit qu'on la touche fortement ou foiblement,
,, & que le fon n'en fera que plus ou moins fort,

,, qu'il en eſt de même de la voix " &c. On ne ſera pas plus avancé quand on ſaura tout cela, ainſi que tout le reſte de la théorie de Rameau, propre à former ſans doute un Compoſiteur de Muſique, mais non pas à éclaircir les doutes d'un phyſicien.

Voici donc un des grands phénomenes de l'harmonie & qui après des recherches profondes laiſſe l'eſprit comme il le trouve, ſi on tire à la fois de deux inſtruments ſemblables deux ſons diffé-rents, ces deux ſons en produiſent un troiſieme différent des deux autres. On a cherché à expli-quer ce phénomene dans l'Encyclopédie ; mais après des recherches très profondes, l'obſcurité a reſté.

Il y a plus : ſi on fait raiſonner un corps ſonore, on entend deux autres ſons, il n'eſt pas douteux que ceux-ci en forment des troiſiemes ſur nos têtes, & ces troiſiemes des quatriemes, & ainſi des autres juſques à l'infini. Si nous n'entendons di-ſtinctement que le ſecond, c'eſt que nos organes foibles par elles-mêmes retiennent l'ouie dans de certaines bornes au-delà deſquelles tout eſt ſilence dans la nature. Si cette harmonie ainſi répétée par Echo va juſques-à la plus haute région, on peut conjecturer que la muſique des Eſprits Aériens n'eſt pas des meilleures ; car il y a ici-bas beau-coup d'eunuques qui ne chantent pas bien les

Ariettes, & des Aveugles qui jouent mal du violon. En ce cas la symphonie des pauvres qui demandent ici l'aumône en chantant, dont je vous
ai parlé dans ma premiere, doit è côté de la lune
former un concert détestable. De tout ceci, Milord, je ne veux pas conclure qu'il n'y ait ni
mélodie ni harmonie. La proposition seroit aussi
absurde qu'insoutenable ; il suffit que nous enten-
dions des sons pour être convaincus du contraire.
Il est vrai que nous n'en connoissons pas les premieres loix ; mais l'expérience y supplée. L'u-
nion de l'ame avec le corps est au-dessus de
notre entendement : selon même les principes de
la vraie physique, elle ne sauroit exister, cependant elle existe, & cela nous suffit. J'ai voulu
dire seulement par là que la mélodie & l'harmonie qui sont dans le fait, ne sont pas dans le droit,
c'est-à-dire, que tous les modes de la Musique
pratique sont déplacés, ce qui cause plus de con-
fusion dans le monde moral, que s'il n'y avoit ni
mélodie ni harmonie. Car il vaudroit mieux qu'un
Art n'existât point, que si son existence, en for-
çant les passions, donnoit à une nation les vices
d'une autre.

C'est en vain qu'on fait des systêmes raisonnés
sur l'harmonie, si on ne nous apprend les avantages que la société civile en doit retirer. La physique qui nous présente le grand tableau de l'U-

nivers , nous enfeigne qu'il y a un être fuprême ,
créateur du ciel & de la terre , ce qui nous porte
à le révérer. La philofophie , en nous mettant vis-
à-vis de notre néant , nous apprend à nous connoître. La Morale cherche à nous rendre meilleurs :
il n'y a que la Mufique qui fait tous les jours des
efforts pour nous rendre pires. Pour mettre l'harmonie au niveau des autres fciences , il n'y auroit
que le moyen que j'ai déja indiqué , c'eft-à-dire ,
mettre chaque fociété à l'uniffon de fon climat ,
ou ce qui eft le même , faire chanter chaque
peuple phyfiquement.

Il n'y a rien de plus ridicule fous la voûte du
Ciel , que de voir un Ruffe prefque mort de froid ,
fredonner un air comme un Italien qui a prefque
la fievre à force de chaleur naturelle. C'eft une
des diffonances dans un Allemand robufte , fort &
vigoureux , qui par la nature de fa conftitution
& de fon climat qu'a une Mufique fonore &
bruyante qui annonce un bruit de guerre , que de
l'entendre chanter avec une qui approche de
celle de Venanzini, *Caro mio ben perdona.*

Je fuis.

LETTRE NEUVIEME.

Milord,

JE vous ai parlé jufques ici de quelques vices de la Mufique moderne, mais je ne vous ai encore rien dit du plus grand de tous. Outre le luxe prodigieux qu'il entretient dans les pays du Nord, & ceux du Midi, il caufe un plus grand mal dans le Gouvernement économique. Lorfqu'on examine cet art avec les yeux de la politique, on trouve qu'il force la circulation générale en déplaçant les tréfors publics ; ces fanctuaires de l'abondance univerfelle. Je vous effraierois, Milord, fi je vous difois que depuis Farinelli, nous avons payé au-delà de deux cent mille livres Sterling, pour les ariettes qui ont été chantées fur notre Théatre Italien établi à Londres. Je n'ai pas befoin de vous dire que cette fomme immenfe employée à l'avantage du Commerce univerfel, en eût relevé plufieurs branches qui fe font éteintes depuis faute de fonds pour les maintenir. Il eft étonnant que la nation la plus économe du monde, ait donné l'exemple d'une prodigalité, dont on ne trouve d'exemple que dans la corruption de l'Empire Romain. Nous avons été les premiers qui avons imaginé de donner deux mille livres Sterling par an à un Eunuque pour lui faire chanter quelques Airs; c'est à dire, de jetter notre argent au vent.

On a dit que ces sommes prodiguées à cet art forment une circulation. Mais on a mal dit. Il est bien moins question de donner du mouvement au numéraire, que de lui en donner un bon. On ne sauroit déplacer une somme publique d'un lieu pour la faire passer dans un autre sans former une sorte de circulation ; mais, lorsqu'elle est vicieuse, & qu'elle se restreint à peu de personnes, il vaudroit mieux qu'elle ne circulât point, car la république y perd alors tout ce que l'universalité n'y gagne pas.

Quelques-uns ont ajouté que la Musique avoit donné naissance à plusieurs professions Musicales. Tant pis encore. Sur le pied de la population actuelle, & du luxe présent, il manque des millions de bras à chaque Société. Si on fait chanter ceux qui devroient travailler, il en manque davantage. Il y a une répartition Géométrique dans ceux qui font valoir les Arts d'où dépend leur avancement & leur prospérité. Tous les individus qu'on ajoute aux professions d'agrément, manquent aux arts utiles.

La fuite des Artiftes François, lors de la révecation de l'édit de Nantes, a formé un vuide dans l'induftrie de la Nation, qui n'a pas été rempli. Cette révolution fit alors le même effet, que fi trente ou quarante mille François fe fuffent fait Muficiens.

Plus une profeffion eft utile en elle même, & plus de gens s'y adonnent. On ne regarde point l'avantage de la République ; chacun cherche fes intérêts perfonnels. On n'a jamais fait tant d'Eunuques que depuis qu'on les paye beaucoup. L'exemple de *Farinelli*, d'*Egiziello*, & plufieurs autres richards de la République chantante, font qu'on coupe un très-grand nombre d'enfants ; ce qui en fait autant de corps morts pour l'état économique. Les fommes gagnées avec tant d'aifance, donnent une avidité qui ne fe trouve point dans les autres profeffions.

Un certain Virtuofo Napolitain, accablé de richeffes & d'années, s'écrioit dernierement : *Managgio l'anima della Vecchiaja, fe aveffi vent' anni di meno, andrei ancora in quelle Corti a bufcare delle migliaja di doppie tanto fatte !* en montrant avec fes doigts la circonférence des piftoles de Portugal.

Les François, d'ailleurs très-fplendides dans leurs Spectacles, ont établi une forte d'Economie dans la paye des chanteurs. Quelque talent qu'ait un

Muficien ,

Muficien, chantât-il comme Orphée, après avoir brigué l'honneur d'être placé à l'Opera, & avec le titre de premier *Virtuofo*, a un honoraire médiocre ; fes appointements font fixés par le gouvernement ; à trois mille livres par an ; le fameux Geliot, qui pendant plus de vingt ans a fait l'honneur du Théâtre du Palais Royal, n'en avoit pas davantage. Ils peuvent faire valoir leurs talents hors de la Scene, mais la Scene ne leur en produit pas davantage.

Les Entrepreneurs François font les loix aux chanteurs, au lieu que dans le fyftême de l'Opera Italien, ce font les chanteurs qui font la loi aux Entrepreneurs. *Signore*, difoit dernierement une *Virtuofa* à un de ces agents de notre maifon de Hay-Market, que nous envoyons tous les ans pour recruter des *Virtuofi* de l'un & l'autre fexe, *Signore*, difoit elle, *non voglio meno di tre millè Zecchini per impegnarmi per Londra : fe ne manca uno, non parto.* Nota bene, Milord, que cette Virtuofa ne fait pas pour deux fequins de Mufique.

Il eft humiliant pour un Siecle où l'on ne parle qu'économie & fyftême d'Etat, de payer mille fois plus les Arts d'agrément que ceux qui font utiles à la République. On donne à peine le néceffaire à un profeffeur des Mathématiques, de Géométrie, ou de droit civil, tandis qu'on voit celui de Mufique jouir d'un grand fuperflu. Cependant l'utilité de ceux-là est de toute autre importance.

Que Senefini, Egiziello, Monticello, & Caffarelli ayent existé, cela devient indifférent à l'Empire du monde, mais il ne l'est pas qu'il y ait eu un Newton, un Locke, un Malebranche, un Montesquieu, parce que ces grands hommes ont éclairé l'entendement, & ont rompu les chaînes de l'ignorance qui retenoient les sociétés politiques dans une sorte d'anneantissement. Or il importe au genre humain que de tels hommes fassent valoir leurs talents, & il est de l'intérêt public qu'ils soient récompensés, & non point ceux qui après eux n'ont laissé que des sons qui ont fini avec les Opera qu'ils ont représentés.

Dans cette prodigalité même il y a un vice de direction. Ceux qui composent les meilleurs Opera meurent presque toujours pauvres ; au lieu que ceux qui les exécutent finissent ordinairement par être riches. Il y a ici une espece de dissonance dans l'harmonie des notes. On donne cent livres à ceux qui composent le char de la Musique, & trois mille à ceux qui le traînent. C'est dans un autre sens mettre la charrue devant les bœufs. S'il y a un mérite à chanter bien les Ariettes, il y en a un plus grand à ceux qui les composent, sans ceux-ci il n'y auroit ni Opera ni Chanteurs. J'aurois bien d'autres réflexions à faire là-dessus,

Milord , mais je vous l'ai dit dans une de mes précédentes , il ne faut pas toujours épuiſer un ſujet. Je ſuis &c.

LETTRE DIXIEME.

Milord ,

IL me ſemble qne je vous entends dire , quoi ! encore du chant & des Ballets ! c'eſt donc la muſi-que & la danſe éternelle ! mais vous ſavez le proverbe qui dit qui a aimé , aimera , & qui a bu, boira. On ſuroit pu y ajouter qui a écrit , écrira ; car c'eſt une fiévre de l'eſprit : témoin le vieux Voltaire , qui en fut attaqué en venant au monde , & qui ne la quittera qu'au tombeau. Peut-être même qu'il reprendra la plume aux champs éliſées. En ce cas là , il aura bien à faire , ſur-tout s'il travaille à l'hiſtoire des héros & des politiques, car il y a bien de grands hommeſ qui ſont morts ſans avoir fini leur vie. J'ai lu quelque part dans un manuſcrit arabe , que lorſqu'une idée ſe forme en nous , elle prend auſſi-tôt une conſiſtance phyſique , & que par ſa création étant devenue quelque choſe , elle ne rentre plus dans le néant

N 2

qui ne contient rien. C'est assez métaphisique :
mais chez les Arabes les savants doivent être
inintelligibles, sans quoi ils ne sont point savants.

Celui-ci prétend qu'il y a un lieu de réserve
dans les champs élisées pour les idées, où elles
sont placées par ordre chronologique. En ce cas,
Milord, combien ce réservoir doit contenir de
batailles rangées qui n'ont été données qu'en spé-
culation ? combien de plans, de vuës, de des-
seins ambitieux qui n'ont été qu'imaginés ! combien d'amants heureux qui ne l'ont été qu'en
pensée ! combien de projets d'opulence, de grandeur & de richesses doivent se trouver dans ce
Magasin d'idées ! l'Auteur raconte là-dessus un
fait assez plaisant. Il dit qu'un certain Roi étant
devenu amoureux d'une Dame de sa Cour, finit
ses jours sans avoir eu le temps de la posséder.
Apparemment qu'il mourut subitement : car pour
si courte que soit la vie d'un Prince, il a toujours le temps de terminer une intrigue amoureuse, d'autant plus que dans ce cas, la Dame est
toujours aussi pressée que lui. Il dit donc qu'un demi-
siécle après, il rencontra l'ombre de sa Maîtresse
aux champs élisées : comme il lui avoit juré de
l'aimer au-delà du tombeau, il voulut rentrer
dans ses anciennes prétentions, mais il en fut empêché par l'ombre du Palefrenier de la Dame,
qui s'étoit rendu amoureux d'elle une année avant

le Monarque : car aux champs élifées les premiers
paffent devant. Le Roi , indigné de cet obftacle
qui s'oppofoit à fon bonheur , lui dit : tu es for-
tuné , Cóquin , de n'être qu'une ombre ; car je
t'aurois fait caffer les os. Et vous , Sire , lui répondit
le Palefrenier , vous êtes bien heureux ne n'avoir
ni peau ni poil ; car je vous aurois étrillé ici-bas
comme j'étrillois là-haut mes chevaux.

Je vous préviens que je fuis maintenant à Bologne , où je pafferai quelques jours. Cette ville
eft le plus grand réfervoir de mufique & de danfe
qu'il y ait en Italie. Mais au moment que je vous
écris , elle n'a ni mufique ni danfe. C'eft que tous
les théatres d'Italie font ouverts ; lorfque les autres villes font gaies & enjouées , celle-ci eft
trifte & mélancolique. Si un entrepreneur étranger
venoit maintenant pour y former un Opera , à
peine y trouveroit-il le moucheur de chandelles.
Faute de vifages divertiffants , il faut avoir recours
aux figures peintes fur la toile. On vifite ici des
tableaux depuis le matin jufqu'au foir. Vos Com-
patriotes les Anglois , qui font femblant d'être de
grands connoiffeurs , y prenent beaucoup de peine
pour apprendre par cœur les noms des grands maîtres qui les ont peints , afin de fe donner enfuite
le ton d'être au fait de cet art ; car cette vanité
entre aujourd'hui dans la décoration d'un voya-
geur Anglois. Tout Breton qui a galopé l'Italie ,

N 3

doit parler continuellement de Guido, Raphaël, Michelange & de Titien. Il faut même, en bonne regle de connoisseur, les acheter, c'est-à-dire, se ruiner pour avoir dans son cabinet à Londres quelques morceaux de toiles peintes. Car plus ces pieces sont cheres, & plus on veut les avoir.

On m'a fait voir ici l'institut. C'est un vaste Magazin de curiosités plus propres à satisfaire l'orgueil qu'à contenter l'esprit. Tous les Princes de l'Europe ont contribué à cet amas de choses inutiles. Je dis inutiles, parce qu'il y en a trop pour les ignorants, & pas assez pour les savants. J'y ai vu des momies d'Egypte, des crocodiles, des baleines, des chiens marins, des urnes, des lampes, des clefs & des cadenas de Romains ; ce qui prouve une chose très-savante, c'est-à-dire, que les anciens cherchoient à y voir clair la nuit, & fermoient leur porte pendant le jour.

Comme rien ne retarde tant les progrès de l'esprit humain que ce mélange des arts des premiers siécles, confondus avec ceux du nôtre, il faudroit se défaire de toutes ces antiquités, pour recommencer l'empire du monde littéraire. Il est à croire que nous irions plus loin, si nous n'avions plus de semblables guides. C'est parce qu'ils sont trop bons qu'il faudroit s'en défaire. Ils nous ôtent la premiere partie du génie, l'imagination fans laquelle il n'y point d'invention, qui eft le fublime de l'art.

On en croira ce qu'on voudra ; mais pour moi je crois, Milord, que s'il n'y avoit pas eu de Raphaël, nous en aurions aujourd'h ui. On l'a tant étudié, qu'on eft parvenu à ne pouvoir l'imiter ; c'eft que tous les peintres modernes fe font af-fervis à fon pinceau, & qu'en fait des connoif-fances comme des vertus, l'efclavage ôte à l'ame cette élévation qui lui fait faire de belles chofes. Il en eft des arts comme des gouvernements ; les plus libres font toujours les plus grands ; ceci eft fi exact, que dans les fciences où nous n'avons pas eu les anciens pour guide, nous les avons fur-paffés. C'eft que l'artifte a joui, pour ainfi dire, de fon ame, & a fait valoir toutes les facultés de fon génie. Tant que nous aurons devant les yeux des originaux, nous ne ferons que copier. Il eft bien moins queftion d'imiter que d'imaginer. En bonne loi littéraire, il faudroit remonter le fiecle, c'eft-à-dire, renverfer tout pour rétablir tout. Tandis que nous nous foumettrons aux loix des anciens, nous ne ferons que des modernes. Il feroit temps de rentrer dans notre génie, dont les Grecs & les Romains nous ont privé. En qua-lité d'hommes ainfi qu'eux, c'eft une gloire qui nous appartient comme à eux.

Cet inftitut eft rempli de minéraux : autre étude

de la nature auſſi vaine qu'inutile. Monſieur Boile remarque qu'il faut la vie d'un homme pour découvrir quelques vertus qui ſe trouvent dans un ſeul minéral ; comment ſera-t-elle donc aſſez longue pour s'inſtruire des qualités qui ſe trouvent dans une foule que ce cabinet étale aux yeux des curieux. Il y a des choſes que la nature a cachées aux yeux des mortels & qui le ſeront pour toujours.

Depuis plus de trois mille ans qu'on travaille à ce grand œuvre, on eſt auſſi avancé que le premier jour. Quand dans un cabinet phyſique, on m'a fait voir quelques animaux diſſéqués, des inſectes, des arbres & des plantes, & que je penſe avec fondement qu'il y a dans le fond de la mer des millions de poiſſons, dont nous ne ſavons ni la figure ni le nom, & que la terre a autant de bêtes & de végétaux dont nous ne ſommes pas mieux inſtruits, je ſuis découragée d'étudier une ſcience qui eſt encore au berceau, & qui par ſa nature ne peut point être approfondie dans toute ſon étendue. Je ſuis de l'avis de ce ſauvage à qui on reprochoit ſon ignorance ſur tant d'objets phyſiques, qui répondit ſagement. *Pour moi, j'aime mieux ne ſavoir rien que de ſavoir tant de choſes confuſément.*

Il y a un autre inconvénient à cette recherche, c'eſt qu'elle détourne l'eſprit d'autres plus eſſentielles. Un naturaliste qui cherche à connoître les plantes & les pierres ne se connoît point soi-même ; il passe sa vie à déchiffrer la nature, sans porter ses regards sur le cœur humain , qui de toutes les énigmes est la plus grande, & il meurt sans être instruit des facultés de son ame. Je reviens à l'institut dont cette réflexion morale m'a un peu écartée. On y trouve jusqu'à des vaisseaux de guerre, cependant il n'y a qu'une petite rivière à Bologne, qui à peine peut porter bateau. Mais c'est la maladie de ces établissements , de s'étendre au-delà des besoins de l'état pour lesquels ils sont fondés.

La Bibliothéque est composée de cent mille volumes. Monsieur , dis-je au gardien qui me la montroit , vous êtes ici au milieu de bien d'imposteurs. J'en suis d'accord , me répondit-il , mais je n'ai rien à démêler avec eux. Pour éviter leur mauvais entretien, je tiens (ajouta-t-il en me montrant une clef) leur langue dans ma poche. Il seroit peut-être à souhaiter, Milord, que nos Auteurs modernes fussent comme ceux-ci gardés à vuë & qu'on les mît dans des niches pour les montrer au public sans les ouvrir. Nous en serions d'autant plus savants que nous ne lirions pas cette foule de livres qui nous empêchent de l'être.

Bologne est le grand hôtel des invalides de la musique & de la danse ; quand un *Soprano* s'est

crévé à force de chanter , ou qu'un Cabroileur
est reduit aux bequilles , il vient traîner ici une
vie languissante , & meurt souvent vingt ans
avant que de cesser de vivre ; car le musicien &
le danseur est un animal actif qui aime l'agitation ;
lorsqu'il est reduit à sa propre existence , il devient l'être le plus malheureux qu'il y ait sur la
terre ; c'est qu'en quittant le théâtre , il perd
toutes les qualités qui lui faisoient prendre part
à la société générale. Il devient neutre après avoir
joué un rôle intéressant : aussi tombe-t-il ordinairement dans une espece de langueur qui le mine ,
& le conduit au tombeau : fruit d'une profession
qui étant d'abord trop gaie , finit par être très-
sombre.

Le fameux Farinelli , dont je vous ai parlé dans
mes précédentes , a choisi cette ville. Il fait son
séjour ordinaire à la Campagne , où il jouit mo-
destement d'une grande fortune , ce qui mérite
quelque louange ; il n'est pas aisé de posséder sans
faste un bien qu'on a acquis sans peine , ordinairement on le prodigue , car comme dit le proverbe : ce *qui vient par la flûte s'en va par le
tambour* : l'Italien ajoute à celui-ci , *che la farina
del Diavolo fa cattivo pane.* Celui-ci fait du très-
bon pain , & une excellente chaire , & cela sans
l'ostentation de ceux qui étant nés sans bien
jouissent par hazard d'une grande fortune.

J'ai vu un autre phenomene plus furprenant que celui de l'inftitut. Une jeune perfonne du fexe, d'une grande famille, née à V. * qui ayant été Dame eft devenue Demoifelle. Après avoir couché fept ans avec un homme, elle a prétendu avoir mal couché, & à caufe de cela, a eu la permiffion de découcher. On dit qu'elle a encore ce que toutes les filles difent avoir lorfqu'elles fe marient. Quelques-uns prétendent que fon hymen n'a été qu'ébauché. C'eft faire un pas en arriere, & vivre une autre fois, après avoir vécu. Je ne fais fi ce n'eft pas un agrément de confommer mal avec un premier mari, pour confommer mieux avec un fecond, du moins il y a le plaifir de la nouveauté, qui en fait de fatisfaction des fens, eft le plus fenfible.

On trouve dans le mariage un dégoût naturel qui juftifie toujours la féparation même parmi deux Epoux qui femblent être nés pour vivre enfemble. Combien donc ce dégoût doit-il être plus grand à l'égard de ceux qui, s'étant engagés par des vues d'intérêts, trouvent continuellement des fujets de divifion.

Tout Rome étoit furpris que le grand Scipion répudiât fa femme, d'autant plus qu'elle paroiffoit avoir les qualités qui peuvent rendre un Epoux

---

* *Madame George de Venife.*

heureux. Pour fe juſtifier , ce Romain ſappella pluſieurs de ſes amis à qui il montra ſon pied , *voyez,
leur dit-il , comme ce ſoulier eſt bien fait , comme
il eſt juſte , comme il me chauſſe joliment ; mais il
n'y a aucun de vous qui ſache là où il me bleſſe.*

N'en déplaiſe à ce général Romain , la juſtifi-
cation n'eſt pas en place. Il n'y a aucun ſoulier
qui, après le mariage, aille bien au pied de l'hymen ;
s'il étoit permis de l'eſſayer auparavant, perſonne
ne voudroit le chauſſer. Il en eſt du mariage comme
de la maçonnerie. Il n'y a que les freres qui en
ſachent le ſecret. Un François qui s'étoit nouvel-
lement marié , ſe plaignant de ſa condition à un
de ſes amis qui éprouvoit le même ſort , Paix ,
lui dit celui-ci , n'en dites rien , quelqu'autre s'y
attrapera. *Maladetto, s'écrioit un Italien qui venoit
d'y être attrapé, biſogna provarlo per ſaperlo. Prima
di ſpoſare queſte Signorine, ſon modeſte, umili, dolci,
dolci, che le pigliereſte con la mano. Subito che ſono
maritate, diventano tanti diavoli d'Inferno. Ci vuol
il Cavalier ſervente, ci vuol il Cicisbeo, ci vuol
l'Amico, ci vuol l'Amante, ci vuol il Boia che le
impicchi.* Quoi qu'il en ſoit, la Dame, ou Demoi-
ſelle dont il eſt queſtion ici, eſt d'une figure
charmante. Son viſage, ſans être reguliérement
beau, frappe par je ne ſais quoi qui plait. Sa
taille eſt avantageuſe, elle a le port majeſtueux ;
mais ce que je mets au-deſſus de ſa figure, eſt

une

une belle éducation, dont elle a fu tirer tout le parti : chose rare dans sa ville, où en général celle du sexe est négligée. On ne lui entend jamais proférer de ces paroles indécentes qui, si elles ne prouvent pas toujours qu'une femme manque de vertu, laissent du moins soupçonner qu'elle incline au vice. Elle soutient son caractere de Dame avec cette sagesse qui convient à la vraie noblesse ; ce qui fait que les hommes les plus voluptueux ne peuvent pas s'empêcher de la respecter. Elle parle plusieurs langues, ce qui lui a ouvert la porte à une sorte de littérature qui ne se trouve que dans les idiômes étrangers.

A l'égard des qualités de son cœur, c'est un labyrinthe dont elle-même n'a point le fil. Depuis qu'elle se connoît, elle ne sait pas si elle doit aimer, ou être indifférente, ce qui prouve qu'elle l'est. Car, lorsqu'on peut délibérer sur un penchant qui force toujours notre réflexion, c'est une marque d'insensibilité. Alors malheur à tout homme qui prend de l'inclination pour une telle femme, sur-tout lorsqu'elle est belle, parce qu'en amour elle a l'avantage d'agir de sang froid ; car elle peut être coquette impunément : autre malheur pour l'amant qui n'a pas de quoi se venger ; car de toutes les peines que peut souffrir un homme amoureux, la plus grande est celle d'avoir à faire à une femme qui prétend être aimée sans aimer.

Tome II.   O

Le bon Dieu veuille que quelque vilain magot ne venge pas tant d'aimables Cavaliers qui jusqu'ici ont soupiré en vain pour elle. Il y a dans le sexe une mesure d'indifférence après laquelle tout est sensibilité. Alors on voit naître des passions très-fortes chez des femmes qui paroissent être nées sans passion. Le mal est qu'il semble qu'il y ait une punition faite exprès pour ces belles insensibles, qui servent d'exemple à leur sexe. Je souhaite que celle-ci soit une exception à la regle ; car ce seroit dommage qu'une aimable femme se jettût dans les bras d'un vilain homme.

Il y a une autre Dame de la même ville qui couchoit mal, & qui a pris aussi le parti de découcher ; mais elle n'est pas devenue Demoiselle : celle-ci avoue qu'elle a perdu ce qui fait qu'on l'est. On doit lui tenir compte de sa bonne foi ; car pour faire un pas en arriere dans le mariage, il faut déclarer que le mari n'a pu faire un pas en avant. Ce qui pour l'ordinaire est très-difficile à prouver ; mais lorsqu'on est d'accord de se séparer, on l'est bientôt sur les preuves. J'ai connu une femme en Italie qui avoit eu six enfants de son mariage & qui trouva le moyen de se séparer de son mari pour cause d'impuissance.

Cette seconde est douée d'une grande beauté ; la nature lui a prodigué tous les charmes. Il est difficile de trouver tant de perfections réunies dans

une même personne ; on ne sauroit la voir sans
l'aimer, & on ne sauroit l'aimer sans être malheureux. Elle regarde tous les hommes qui l'approchent, comme autant d'acteurs qui doivent
remplir un rôle pour la divertir. Née avec un
caractere gai & enjoué, elle fait servir les passions
de l'autre sexe à son amusement. Il faut la divertir, si on veut être de sa société : rôle difficile
à remplir auprès d'une belle femme qui, en insp'-
rant de l'amour, prévient la gaieté. Elle se donna
une comédie l'année passée avec un Seigneur Russ,
qui mérite de passer à la postérité. Celui-ci la
vit & l'aima. Le Cavalier étoit bien fait, d'une
figure aimable, & avoit le ton de la bonne compagnie. Un esprit aisé & liant, lui servoit de
recommandation. Il parla de son amour à quelqu'un qui étoit auprès de la Dame ; mais on lui
répondit qu'elle ne vouloit donner son cœur que
pardevant notaire, en un mot, qu'il falloit
épouser ; c'est quelquefois un peu embarrassant,
sur-tout lorsqu'on est déja marié, & le Russe l'é-
toit ; mais il l'oublia, comme on fait toujours dans
ces occasions ; car en amour, on n'a que la moitié de sa mémoire ; on ne se ressouvient que de
l'objet dont on va jouir, & non point de celui
dont on a joui. Il fut question d'un rendez-vous
pour signer le contrat, on se vit & on arrangea
les premiers articles. Le Russe vouloit bien con-

O 2

fommer d'abord , car c'étoit là fon but; mais il avoit encore bien du chemin à faire pour arriver à la confommation.

Nota bene. Milord , que pour célébrer cet hymen , il falloit tuer feulement deux perfonnes. Le mari de la femme , & la femme du mari. Comme l'amour eft très-ingénieux , le Ruffe imagina de fe défaire de la fienne en détail. Il fuppofa des lettres de Pétersbourg qui la faifoient mourir périodiquement. Le premier courier apporta la nouvelle qu'elle étoit en confomption, le fecond, qu'elle avoit une fievre lente, le troifieme , que la maladie faifoit des progrès confidérables , le quatrieme , qu'il n'y avoit plus d'efpérance , le cinquieme , qu'elle étoit à l'agonie, & le fixieme , qu'elle avoit paffé à une autre vie ; mais il falloit un extrait mortuaire dans les formes , & cette piece n'arrivoit point ; ce qui accrocha l'hymen , ainfi que la poffeffion. Alors le Ruffe fe replia d'un autre côté. Il fit une promeffe de mariage à la Dame pour être remplie par celle qui la préfenteroit , invention nouvelle en amour; car on connoiffoit bien les billets dans le commerce payables au porteur , mais non point les promeffes de mariages à celle qui préfenteroit; mais il y a déja quelque temps que les Ruffes font des traités nouveaux , tant en politique qu'en amour.

A l'égard de cette belle Dame, gaie & enjouée, telle que je viens de vous la repréfenter, elle a quitté toutes les compagnies, parce que des raifons domeftiques l'ont obligée de quitter celui à qui elle étoit unie. Paffe qu'elle fe foit féparée de fon mari. Mais pourquoi fe féparer du refte du genre humain. Une belle femme eft un ouvrage rare que la nature fait difficilement. Plus elle a de perfections, & plus elle doit au monde dans lequel elle vit ; s'en féparer eft un crime de leze fociété. Les inconvénients de la vie particuliere ne doivent point prendre fur la générale. C'eft fe montrer trop fenfible aux petites chofes que de leur facrifier les grandes convenances. Il eft établi qu'il faut fe voir, fe vifiter, fe parler, fe rencontrer, fe faluer, fe trouver aux foires, aux promenades & aux fpectacles, fe complimenter, fe féliciter, fe confoler. Il eft vrai que tout cela n'eft que la fauffe monnoie de la vie civile ; mais nous n'en avons pas de meilleure. C'eft donc une néceffité de nous fervir de celle-ci, en attendant que ceux qui viendront après nous, en trouvent une qui ait un peu plus de valeur intrinfeque.

Je vous fais part d'une aventure galante qui vous divertira plus que les ariettes & les ballets que je vous ai annoncés dans ma correfpondance. Il arriva avant-hier dans l'Auberge où je fuis logé, une petite chanteuse Romaine, qui alloit à Milan, pour y faire valoir son talent sur le Théatre.

Après avoir vu ce qu'il y a à voir à Bologne, elle alloit partir, & étoit prête de monter en chaise, lorsqu'il arriva trois étrangers de différentes Nations, un Milord Anglois, un Espagnol & un François ; alors notre chanteuse se trouva fatiguée, & voulut se reposer quelques jours ; car les chemins de Rome à Bologne, à ce qu'elle disoit, étoient tuants.

Ces Messieurs, qui l'avoient d'abord entrevue, demandèrent à lui faire une visite ; & comme elle étoit vive & enjouée, ils ne manquèrent pas de s'en rendre amoureux. Dans les voyages ces rencontres passent pour de bonnes fortunes. On proposa de souper ensemble, & la proposition fut acceptée. Pendant le repas il se dit de part & d'autre beaucoup de jolies choses qui ne se trouvent pas dans la bible. Ce fut entre la poire & le fromage, que les grandes déclarations d'amour se firent.

Dans le cas de concurrence une *Virtuosa* ne doit se rendre qu'au plus offrant & dernier enchérisseur : c'est une règle de Théatre inviolable parmi les chanteuses : & la petite Romaine n'étoit pas femme à y déroger. Messieurs, leur dit-elle, faisons les choses dans les règles, que chacun de vous mette ses offres par écrit, & je verrai à me décider. La proposition fut acceptée, & le lendemain elle trouva ces trois billets doux sur la toilette.

Le premier étoit du Milord qui s'exprimoit ainsi.

Mademoiselle.

,, J'ai besoin d'une petite fille qui me fasse un
,, petit garçon ; car j'ai de grands biens, & point
,, d'héritiers, je vous choisis pour cela. Milady
,, ne sait faire que du thé, & j'ai besoin d'une
,, personne comme vous qui sache faire autre chose.

,, Au reste, je ne sais point faire l'amour. Mes
,, guinées sont des ambassadeurs que je dépêche
,, vers ces jolies femmes pour applanir toutes les
,, difficultés. Je vous avertis qu'en fait d'intrigues
,, galantes je suis un vrai postillon. Je vais à toute
,, bride dans le pays de Cythere. Si vous êtes
,, aussi pressée que moi, nous commencerons par
,, la fin.

Apostille.

,, Je vous prie de me dire, si vous envoyez
,, vos amants à Montpellier ; car, comme j'ai
,, beaucoup de médailles & de tableaux à voir,
,, je n'ai pas le temps d'entreprendre ce voyage.

L'ESPAGNOL.

Mademoiselle.

„ De toutes les étoiles qui brillent dans le fir-
„ mament, vous êtes la plus brillante. Vos
„ yeux font deux foleils qui éclairent le monde,
„ & votre vifage eft la plus belle lune qu'on ait
„ jamais vue dans le ciel. Depuis que je vo s i
„ vue, mon cœur eft devenu un tifon ardent qui
„ confomme dans les flammes de mes defirs. Je
„ vous refpecte trop pour vous demander d'abord
„ vos faveurs. Nous irons le petit pas en amour,
„ il me fuffit que dans dix ans, j'aie gagné vo-
„ tre cœur, & qu'à la fin de ce fiecle, j'aie le
„ bonheur de vous poffeder. En attendant cette
„ félicité après laquelle je foupire, je vous prie
„ d'accepter mille doublons.

LE FRANÇOIS.

Mademoifelle ,

„ Je n'ai qu'un louis d'or avec lequel il faut
„ que je me rende à Florence, moi, mon che-
„ val, un chien & un valet. Cependant je vous
„ l'offre, car je me contenterai de mourir de
„ faim fur la route, pourvu que je faffe un bon
„ repas avec vous, ce foir après fouper. Au

,, refte, fi mon petit bidet vous accommode, il
,, eft à vos ordres. Il trotte joliment & mange
,, bien l'avoine. La felle n'eft pas des meilleures,
,, mais je la ferai raccommoder par mon laquais
,, Criquet, avant d'avoir l'honneur de vous la
,, préfenter. Adieu, fans réferve. Difpofez de
,, celui dont la bourfe eft vuide, mais qui a le
,, cœur plein du defir de vous poffeder.

Il ne vous fera plus difficile, Milord, de deviner lequel de ces trois foupirants l'emporta. Les
doublons de l'Efpagnol eurent la préférence. Depuis que ces gens-ià ont découvert le Pérou, ils
font de grands progrès en amour.

LETTRE ONZIEME.

Milord ,

FLorence, où je me trouve actuellement, fournit un vaste champ de réflexions à un philofophe politique. En entrant dans cette ville, on découvre à fes monuments, qu'elle a appartenu à des Princes amis des beaux Arts. Les Médicis forment la troifieme époque de la révolution qui s'eft faite dans l'efprit humain. Il eft beau de voir une famille de citoyens s'élever au-deffus des plus grands Rois de l'univers. L'Europe lui doit ce génie fupérieur qui la diftingue aujourd'hui des trois autres parties de la terre.

Les Grecs & les Romains n'étoient plus. Les âges barbares avoient fuccédé aux fiécles favants & lumineux. Des ténébres épaiffes s'étoient répandues de nouveau fur la furface de la terre. Les hommes ne favoient plus ni lire, ni écrire. Rome chrétienne avoit bien cherché à conferver le feu facré du favoir ; mais les Papes eux-mêmes n'étoient pas affez éclairés pour rendre la lumiere au monde. Le genre humain languiffoit depuis plus de quinze cent ans dans cet état d'ignorance (car

Charles Magne n'avoit fait qu'effleurer les arts)
lorsque ces citoyens jetterent les nouveaux fon-
dements de l'empire du savoir ; c'est un spectacle
nouveau par la terre de voir quelques hommes obs-
curs, sortis du sein de la médiocrité, changer la
face de la terre.

Je reviens à la musique & à la danse que j'ai
perdues de vue. On donne ici l'Opera de Télémaque.
Monsieur de Fénélon avoit traité ce morceau d'histoire avec toute la force du poëme épique. Lorsqu'un sujet a été épuisé, on doit l'abandonner.
Il n'est plus temps de le mettre au Théatre, encore moins en musique : Il y a toujours à perdre
pour lui, lorsqu'on le manie de nouveau ; d'autant plus que le Télémaque étant une leçon aux
Rois, ne doit pas devenir une école d'amour.
Sa passion pour la Nymphe Eucharis, & celle
de la Déesse Calypso pour lui, ne forment qu'un
incident. Le principal objet de ses voyages est
de s'instruire sur la science du gouvernement.
Voilà le vrai Télémaque, & non pas celui qui sé-
journe dans l'Isle de Calypso : Il est vrai que
Minerve l'y fait descendre pour lui apprendre l'empire que l'amour a sur le cœur, & combien cette
foiblesse a de force sur nos ames, lorsqu'elle n'est
pas dominée par la vertu, ce qui forme une simple
épisode. Mais Messieurs les Poëtes Italiens ont
une regle différente ; lorsqu'ils veulent donner

une piece théatrale , ils jettent leurs regards sur l'empire du monde littéraire ; s'ils découvrent un sujet qui n'a pas été manié , ils le saisissent sans trop chercher s'il est saisissable ; n'importe qu'il ne remplisse pas le premier plan de l'histoire, pourvu qu'il soit nouveau sur la scene.

La musique de ce Télémaque est ce qu'on appelle en françois *un pot pourri*. Il n'y a guere que le récitatif qui soit du compositeur. On a mis , pour m'exprimer ainsi, un Masque au visage de cet Opera. *Il Sig. Ferdinando Tenducci , e la Sig. Caterina Buonasini* y font les premiers rôles. Je n'aurois pas voulu que Télémaque fût Eunuque ; car s'il l'eût été , il n'auroit pas eu cette forte passion qui le retint dans cette Isle.

Mademoiselle Buonasini qui représente Eucharis , chante avec cette confiance d'une Nymphe élevée dans une Cour.

Le fils d'Ulysse a pris cet Opera au pied de la lettre. Il s'est rendu réellement amoureux d'Eucharis , mais on présume qu'elle n'a pas voulu de ce souverain postiche. Il y a déja quelque temps que les *Virtuosi* à voix claire deviennent les très-humbles esclaves des premieres chanteuses. Ils ignorent que celles-ci en fait d'intrigues galantes ont adopté pour maxime ces vers de Regnard.

J'aime un amour fondé sur un bon Coffre * *fort.*

---

* *Hector dans le joueur.*

Et

Et les Ennuques n'ont ni Coffre, ni Clef.

C'eft ce même Tenducci qui s'engagea dans l'hymen fans en avoir la valeur. Il devint Epoux par l'endroit que les hommes ceffent de l'être. Si les Eunuques fe marioient, il y auroit un double vuide dans la propagation ; car outre qu'ils n'auroient point d'enfants , ils empêcheroient les femmes d'en avoir.

Lorfque la Mufique Italienne commençoit à être à la mode en Angleterre, un *Soprano* fe maria avec une chanteufe du Théatre de Haymarket. La *Virtuofa*, deux mois après le mariage , declara à l'Epoux qu'elle étoit enceinte de fes œuvres· *Cara Conforte*, lui-dit le *Soprano*, *quefta non me l'afpettavo. Nulladimeno* ajouta-t-il , *fi vede oggi tante cofe ftraordinarie ne' Matrimonj , che fi puol vedere anche quefta. Tuttavia*, ajouta-t-il , *fo partorirete un mafchio , che fia Eunuco , l'adotterò per mio figlio.* Elle accoucha d'un mâle qui n'étoit pas Eunuque. *Fedelliffima Spofa* , lus-dit alors le muficien, *ovi vedete bene , che non è mio , perchè non poffo dare a un altro quel che io non ho.*

Ces fortes d'hommes ne font pas faits pour le mariage , mais feulement pour faire goûter quelques petites douceurs aux femmes mariées. C'eft qu'ils ont le contrepoifon des indifpofitions de l'amour. On peut les comparer à ces ferpents dont la morfure n'eft pas vénimeufe.

Je ne vous dirai rien des talents de ce Tenducci que vous connoissez. Il y a plusieurs partis sur sa maniere de chanter, quelques-uns prétendent que s'il menageoit sa voix & qu'il ne la forçât pas en voulant la rendre plus sonore, il en chanteroit mieux; mais ce n'est peut-être qu'une prévention; car en fait de chant, vous savez, Milord, que chacun a la sienne. Ce même Tenducci *Virtuoso* devant aller chanter ce carnaval au Théatre de Milan, un certain *Colla*, qui s'est collé auprès de la *Bastardina* & qui fait la musique de l'Opera, lui écrivit ces jours passés pour lui demander la qualité & le nombre de ses cordes. On fait ordinairement cette demande à des musiciens qui ne sont pas connus; mais lorsque leur réputation est établie, on doit connoître l'étendue de leur voix.

Tenducci, un peu surpris de cette demande, qui lui sembloit un mépris, en fit part à un Poëte Florentin, qui fit aussi-tôt ce Sonnet.

SONETTO.

Dunque tu vuoi saper la qualità,
  Colla, delle mie corde, e quante io n'ho,
  Per adattare il meglio che si può
  La musica alla mia capacità?

A prima vista senza andar più in là
   La cosa a esaminar, quale io mi so
   Da ognun in tuo favor dirmi udirò,
   Che tu mi fai finezza, e carità;

Ma siccome io credea, ch'anche costì
   Il nome mio non s'ignorasse assè,
   Che piccato rispondoti così.

Le ho tutte fuori d'una, e quella ell'è,
   Con la quale io sospiro, e notte, e dì,
   Un giorno di veder impiccar te.

Il y a de grands chœurs dans le Télémaque. Le
Duc de Modene, aujourd'hui regnant, les avoit
introduits autrefois à sa Cour, parce que Madame
d'Orléans qui les avoit entendus au Palais Royal,
avoit cherché à les introduire pour mettre son
Théâtre à la Françoise; mais ils n'ont jamais
réussi en Italie faute de chanteurs. Il faut un grand
nombre de voix pour former un grand chœur,
& quand les entrepreneurs d'Opera en cachent
dix ou douze derriere les coulisses, ils croient
rendre les Opera très-brillants. Ils disent que les
chœurs françois sont trop pleins. Les chœurs servent ordinairement aux acclamations, aux fêtes,
ou aux réjouissances publiques. Or c'est toujours de leur nombre que dépend leur perfection.
   Le grand ballet est dans le même plan de celui

de Semiramis , c'est-à-dire , héroïque ; car , comme
vous l'avez déja vu , les Novers & les Angiolini
ont donné une tournure férieuse à la scene dansante : De tous les êtres qui existent sur la terre ,
il n'en est peut-être aucuns , comme on l'a déja
dit , de moins propres à représenter un caractere
héroïque en danse , que les Italiens : au milieu de
la plus grande catastrophe théatrale , ils conservent
des traits comiques.

Un Espagnol disoit fort plaisamment , que tous
les *Orphées* , les *Jasons* , les *Medées* & les *Aga-
memnons* danfants , qu'il avoit vus en Italie , étoient
autant de Polichinels travestis en Héros. Il est
vrai que Monsieur Vestri est Florentin. On peut
considérer ce danseur comme une exception à la
regle générale , & c'est à cause de la même qu'elle
est regle. Depuis le rétablissement des Théatres ,
c'est le seul Italien qui ait réussi dans la danse grave ,
férieuse & foutenue. Je vous en ai dit ailleurs
la raison , c'est que les Italiens n'ont point de bras ,
& qu'ils n'en acquerront jamais : de ce côté - là
on peut les regarder comme estropiés , & on ne
leur donnera jamais ce qu'ils n'ont pas en naissant.
La nature est le meilleur maître de danse ; il faut
la consulter pour cet art comme pour tous les autres : c'est elle qui fait le pantomime , comme le
peintre. Il est vrai qu'il n'est question ici que d'un
mouvement méchanique du corps ; mais ce mé-

chanique appartient à la nature comme celui de l'imagination.

Admettez deux jeunes Demoiselles dans une assemblée avant qu'elles aient appris à danser, que l'une soit Françoise & l'autre Italienne. Il est certain que la premiere se présentera avec plus de grace que la seconde. Voilà donc la nature qui s'est déclarée en faveur de celle-là, & on sait qu'il vaut mieux une once de nature, qu'une livre d'art. Je ne dis point qu'un Italien, ou une Italienne ne puisse acquérir des graces en dansant, mais seulement qu'elles sont plus rares chez cette Nation, que chez la Françoise.

LETTRE DOUZIEME.

Milord ,

ON a changé ici de fpeĉtacle. Le direĉteur du
théatre en mufique vient de laifler Calypfo
dans fon Ifle, &ce d'avoir perdu Télemaque,
pour donner Démofont, qui défole le public par les
mutilations qu'on lui a fait. Cet Opera , tel qu'on
le remit à Florence , n'eft point connoiffable. *Metaftafio* , qui en eft l'Auteur, brille fur-tout dans
les morceaux qui compofent, ce qu'on appelle
en Italie les ariettes. C'eft dans celles-ci pour
l'ordinaire que l'auteur déploie fon génie, ainfi que le
caraĉtere de la piece. On lui en a fubftitué d'autres qui ne rendent ni l'un , ni l'autre. Cette li-
cence eft commune en Italie, comme je crois
vous l'avoir dit ailleurs. On prend une ariette
de l'un , une ariette de l'autre , que le poëte du
théatre joint enfemble du mieux qu'il peut ; de
maniere qu'on met une douzaine d'Opera dans
un Opera : cela fe fait pour la commodité des
aĉteurs, qui par-là favent leur rôle fans l'avoir
appris. Les mêmes morceaux qu'ils exécutent fur
le dernier théatre , ils les ont déja exécutés fur

vingt autres. On peut comparer ces *Virtuosi* à ces mendiants chanteurs de profession, qui après avoir épuisé une ville avec une chanson, vont la chanter dans une autre. Un étranger qui auroit entendu en Angleterre le Démofont, & qui entendroit celui qu'on représente maintenant à Florence, diroit que ce font deux pieces différentes. Et afin que la métamorphose soit complette, on change la modulation, en substituant le brillant au pathétique. Une Musique tout-à-fait étrangere à la piece rend le sujet étranger au spectateur. Il est vrai que le parterre y gagne ; car il devient gai dans l'endroit où il devroit être triste. Ce n'est pas la faute des compositeurs de ces dernieres ariettes qui, les ayant composées pour leurs pieces, n'avoient pas imaginé qu'elles dussent servir pour d'autres.

Mademoiselle Buonafini a brillé dans ce second Opera. Sa voix a paru toute autre que dans le précédent. Il est vrai qu'elle a imposé silence aux violons qui jouoient bas, & qu'elle a chanté presque toute seule. C'est le parti que devroient prendre les *Virtuosi* qui ont peu de voix, & beaucoup de goût ; du moins on profiteroit de celui-ci, au-lieu que lorsqu'on ne les entend pas, on ne profite de rien.

Vous aurez sans doute remarqué, Milord, que l'orcheftre Italienne absorbe la voix. Elle est tout-à-fait ensévelie dans les vagues d'une mer instrumentale, où elle va se perdre.

On ne peut s'empêcher de réfléchir, combien cet art a varié depuis sa création. D'abord la Musique Italienne ne fut qu'un simple récitatif accompagné par la basse, comme il l'est encore aujourd'hui. On y ajouta des ariettes dont l'accompagnement fut aussi simple. Bientôt la manière des ritournelles commença ; elle mena les compositeurs à la symphonie, qui les conduisit à un corps complet de Musique instrumentale ; de manière qu'aujourd'hui une ariette est un grand concert de flûtes, de violons, de hautbois, de cors-de-chasse, de tambours, de trompettes, de timbales, auquel on a ajouté des paroles qui semblent y être de trop.

La même chanteuse s'est distinguée sur-tout dans l'ariette fameuse qui commence par ces paroles :

Se tutti i mali miei
Io ti potessi dir,
Divider ti farei
Per tenerezza il cor.

Elle l'a chantée d'autant mieux qu'elle n'a point sorti des bornes de l'étendue de sa voix ; car c'est un mérite particulier à cette *Virtuosa* de se renfermer dans les limites que la nature lui a prescrits. Il seroit à souhaiter que les premieres chanteuses d'Italie voulussent suivre son exemple. C'est à force de vouloir faire beaucoup qu'elles font trop. Elles forcent presque toujours la nature pour passer pour premieres chanteuses, ce qui les met au rang des dernieres.

L'expression du chant dans cette ariette qui est convenable aux paroles, est si tendre, que le spectateur verseroit des larmes, si la musique pouvoit faire pleurer ; mais son empire ne s'étend pas jusques-là. Tout l'ascendant qu'elle peut avoir sur l'ame, c'est de se faire admirer. L'expression vocale simple réussit mieux. Elle va directement au cœur, & l'émeut plus aisément ; c'est qu'elle est le langage de la nature, & que l'autre n'est que l'expression de l'art. De quelque illusion que la scene soit en possession, le théâtre est le tableau de la vie humaine. Et on défigure toujours ce tableau par l'expression notée. Il n'est pas naturel qu'un amant exprime sa douleur à sa maîtresse en chantant. Dans la musique la plus pathétique, il y entre toujours quelque chose de gai & d'enjoué, qui n'est pas propre à rendre une passion malheureuse.

Vous aurez sans doute remarqué, Milord, qu'on pleure presque toujours aux tragédies simples en vers, & qu'on bâille assez souvent à celles qu'on met en notes. Il est vrai, comme je l'ai dit dans ma premiere lettre, qu'on a vu des Musiciens Italiens faire verser des larmes, comme Egiziello ; mais si on y fait bien attention, on trouvera que c'est presque toujours dans des morceaux de récitatif, & jamais dans les airs, c'est que ceux-là approchent plus de l'accent ordinaire qui est la voix de la nature.

Quoi qu'il en soit, cette ariette a valu à Mademoiselle Buonafini plusieurs sonnets faits en son honneur & gloire. Je vous envoie le moins mauvais, car dans ce genre or ne donne guere du bien bon. C'est que trop de gens ici veulent monter sur le parnasse par ce chemin, ce qui le gâte.

SONETTO.

Non di acciaro crudel e distruttore
   Dei bei nodi d'amore odioso effetto
   È questa voce, che le vie del core
   C'inonda d'ineffabile diletto.

Ma di natura fu dono, e di amore,
   Che nel formar costei, differo, in petto
   Gli s'infonda tal'anima, e valore,
   Che corrisponda al suo seggiadro aspetto.

Quindi stupor non è, se dal bel seno
   Schiudon tanta indicibile sorgente
   Di grazie, e d'armonia gli accenti suol.

E se i suoi mali nel narrarci appieno
   Resta indeciso chi sia più dolente,
   O lei nel dirli, o nel sentirli noi.

On a auffi donné un ballet nouveau en demi-
caractere, où la premiere danfeufe repréfente le
rôle de changeante, & qui l'eft fi fort, que dans
deux minutes, elle change trois fois d'amant. Lorfqu'on introduit un perfonnage fur la fcene pantomime, il faut prendre garde de ne pas confon-
dre les caractere. Une femme qui dans un moment
fe jette entre les bras de trois hommes, & qui
fait elle-même tous les frais de l'intrigue, eft
plutôt une proftituée qu'une changeante. Lorfque
l'unité du théatre ne permet pas d'exprimer en
danfe, ce qui forme le génie d'une femme in-
conftante, il ne faut pas le prendre pour le fujet
d'un ballet.

Mademoifelle Thérefe Banti, premiere danfeufe,
a du talent. Elle fe diftingue par un terre-à-terre
brillant. On ne lui voit point forcer la nature par
des élancements, & de grands tours de jambes
qui ont toujours quelque chofe d'indécent. Douée
d'ailleurs d'une figure aimable, elle prévient le
fpectateur en fa faveur. Elle danfe au milieu de
quatre de fes freres feulement. Il faut qu'une famille
ait bien du goût pour la cabriole pour cabrioler
toute à la fois. Si le pere, la mere, les chiens &
les chats de cette maifon danfoient, elle pourroit
donner au public le ballet de l'arche de Noë. C'eft
mal diriger une fociété domeftique, que de donner
je même talent à tous fes membres. La Républi-

que y perd les avantages que son génie lui eût
pu procurer d'ailleurs; car parmi tant d'enfants,
qui ont d'aussi bons pieds, il est impossible qu'il
ne s'en trouve quelqu'un qui ait une bonne tête.
Un Allemand, ayant présenté à un souverain du
Nord six de ses enfants, qui excelloient, disoit-
il, dans la représentation des pieces du théatre,
ce prince lui dit, il faut que vous soyez un mauvais pere pour avoir fait tous vos enfants d'aussi
bons comédiens.

Je vous ai parlé, Milord, dans ma premiere,
de la danse héroïque, qu'on peut mettre au rang
des folies du siecle; parce que sa maladie est de
substituer l'illusion à la réalité; vice intolérable
dans un art qui, bien combiné, pourroit comme
tous les autres servir à adoucir nos mœurs & nos
manieres; & qui, au lieu de cela, est réduit à un
simple spectacle sans autre objet que de satisfaire
la vue.

Il est temps maintenant que je vous dise deux
mots sur les autres caracteres de la danse.

On a souvent demandé, si les compositeurs du
second rang on besoin d'autant d'imagination que
ceux du premier ? Il n'est pas difficile de répondre à cette question. Le génie est nécessaire à tous
les deux. Cependant il suffit à l'historique de connoître la fable. Il choisit dans celle-ci ses victimes.
Après qu'il a fait mourir en pantomime une ving-
taine

raine de divinités , il a rempli sa carriere. Du moins
les plus grands maîtres de cet art, *Nover* & *Angio-
lino* , jusqu'es ici n'en ont pas tué davantage. *Pic* en
a sacrifié encore moins. Il est vrai que celui-ci est
encore un apprentif tueur, & qu'avec le temps il
pourra devenir aussi sanguinaire que ses maîtres. Le
plus fort du génie dans ces grands maîtres est le genre
de mort qu'ils veulent faire subir à leurs Héros , &
à dessiner ce qu'ils appellent en terme de l'art , des
tableaux , des perspectives , & des grouppes.

L'autre a plus de chemin à faire pour arriver
jusques au bout. Comme il prend la vie civile pour
modele , & que celle-ci varie à l'infini , il lui faut
plus de discernement , de connoissances , & de
lumieres , pour en saisir l'ensemble, & choisir le
dessein qui convient le mieux à son sujet. Or tant
de réflexions n'entrent point dans la tête de ces
maîtres , ce qui rend ces danses aussi ridicules que
les autres. Comment ce second genre de danse
pourroit-il réussir , s'il n'a pas même de vocabu-
laire ? Les jambes & les pieds ne sauroient rendre
aucune expression. Après vingt gambades & cent
cabrioles , la pantomime n'a fait que sauter. Cependant elle doit dire au spectateur ce qu'elle
vient faire sur le théatre , & à quel dessein tant
de sauts & de bonds ? c'est ce que ses danseurs
font par des signes qui décelent la barbarie de cet
art. Lorsqu'un pantomime veut dire au parterre

Q

qu'il attend sa maîtresse , il marque avec son doigt l'endroit où sont ses pieds , ce qui signifie qu'elle va arriver. S'il veut déclarer à son confident , qu'il est frappé de la beauté d'une femme , dont il est amoureux , il passe les deux doigts de la main droite sur le menton , comme s'il avoit besoin de se faire la barbe. S'il veut lui dire que son amour est légitime , & qu'il veut l'épouser , il approche les deux premiers doigts des deux mains qu'il joint ensemble en forme d'union ; passe pour celui-là ; car pour se marier il faut se joindre. S'il veut prendre le caractere d'un pere , ou d'un rival qui traverse ses amours , il fait une grimace ; ce qui doit servir d'avis au spectateur , que c'est un bourru. Si c'est un vieillard , il prend la mesure avec sa main depuis son menton jusqu'au-dessous de la poitrine ; c'est-à-dire qu'il a une longue barbe. S'il veut témoigner du mépris pour une femme dont on dit qu'il est amoureux , il met son pouce dans la bouche , & pousse les dents de devant avec son ongle ; cela veut dire qu'il ne s'en soucie pas. Si un amant veut dire à sa maîtresse qu'ils peuvent s'entretenir tout à loisir , il passe la main sous l'oreille en penchant en même temps l'oreille ; cela veut dire que le pere ou le surveillant dorment. S'ils veulent s'enfuir , l'un des deux allonge les bras horizontalement , en les élevant & les abaissant tour-à-tour à plusieurs reprises; ce qui en langage pantomime signifie qu'il est temps de battre aux champs &c. Car voilà à peu près la grammaire de la scene pantomime, qui est si imparfaite, qu'il faudroit commencer à faire apprendre à nos danseurs à parler en danse avant de leur montrer à danser, car s'ils veulent nous rendre un sujet en ballet, il faut que nous les concevions. Nos muets dans la vie civile se font mieux entendre qu'eux. Ils ont imaginé un langage qui rend leurs idées aussi distinctement que s'ils employoient la parole. Il est étonnant que la pantomime n'est point d'idiome & que l'expression dansante soit plus muette que celle de nos muets.

Elle n'est pas plus avancée à l'égard du dessein. Les maîtres de ce second genre ne manquent jamais de mettre sur la scene des lieux communs aussi absurdes que ridicules : c'est toujours quelque intrigue galante remplie d'incidents aussi mal combinés que le plan de la danse. Il ne leur vient point dans l'esprit d'y placer une passion délicate, où la vertu, en triomphant de l'amour, reçoive dans un ballet pantomime l'éloge qui lui est dû. Il n'est pas impossible que la comédie, en donnant du ridicule aux vices, ne rapproche un peu plus les hommes de la vertu, mais la danse ne sera jamais chez nous cet effet. Aussi la philosophie moderne la met au rang, si ce n'est des choses dangereuses,

Q 2

du moins à celui des inutiles, plus propres à récréer l'esprit, qu'à mettre un frein à nos désirs.

Cependant cet art n'a pas resté oisif. Il a gagné du côté des gambades, ce qu'il a perdu du côté du dessein. Je vous ai déja parlé, Milord, de l'activité qu'il a acquise.

Les pantomimes comiques Italiens ressemblent à des possédés ; on diroit voir des furies, ce ne sont point des danseurs, ce sont des démons.

Je ne sais point, si les diables d'enfer, tout agiles qu'ils sont, pourroient faire dans six minutes soixante gambades, & autant de sauts périlleux, comme ces professeurs. Ce n'est point dans une lettre, Milord, qu'on peut parcourir les vices qui se sont introduits dans ce second genre de danse. Il faudroit un volume entier. Ceux qui se sont mêlés de perfectionner cet art, se sont écartés de ses principes. C'est par la danse qu'on a gâté la danse ; les professeurs n'avoient qu'un pas à faire pour arriver à la nature, & ils s'en sont éloignés par de longs détours. Après que le véritable pantomime a été détruit, il a fallu avoir recours aux entrechats, car il falloit boucher les trous, pour ainsi dire, que ce vuide avoit causés dans la danse.

Un ballet, quel qu'il soit, doit avoir un plan méthodique. Son dessein doit être uniforme, & son intrigue combinée par son sujet. Le spectateur

doit le voir naître, le suivre dans ses différentes
périodes : Tous les incidents doivent se rassembler
à la fin pour lui servir de dénouement ; car un
ballet grave ou comique n'est, ou ne doit être
autre chose qu'une piece morale ou critique mise
en danse. Mais la plûpart des professeurs de l'une
ou de l'autre classe ne connoissent pas cet ordre.
Leurs idées pantomimes sont des morceaux isolés
qui ne tiennent à rien. On peut regarder leurs
ballets comme des épisodes, auxquels il manque
la piece : reste donc les sauts & les gambades,
ce sont celles-ci aujourd'hui qui font l'honneur
de ces pantomimes. Il faut bien que cela soit ainsi
car si on leur ôtoit la cabriole, il ne leur reste-
roit rien.

On voit pour l'ordinaire dans les forces pantomimes un autre ridicule, qui choque également
la raison & le bon sens. Je veux parler du mélange
des nations qu'on y découvre. S'il est question
de représenter en danse un mari jaloux, le maître
de ballet ne manque jamais d'y mêler dans l'intrigue des scaramouches, des Polichinels, des Turcs
& autres caractères qui n'ont pas plus à faire là,
que l'arc en ciel à l'Opera. Il est vrai que tous
ces danseurs ne viennent d'Espagne, de Naples,
ou de Constantinople que pour montrer au parterre
leur agilité, en arpentant le théatre dans le goût
de leurs nations.

En voyant le degré de force que chacun met dans sa danse particuliere, on diroit que l'Europe entiere danse à l'unisson, & qu'elle n'est composée que de cabrioleurs.

On dit qu'un Ambassadeur de la cour de Madrid, ayant vû un scaramouche sur le théatre de Turin faire des sauts qui selon lui avilissoient la gravité de la nation (car vous savez que les scaramouches sont sujets du Roi Catholique) fit acte d'opposition au ballet, disant qu'il ne permettroit pas qu'un Espagnol parût en public comme un balladin.

Un Ambassadeur Turc seroit bien plus surpris, si, en assistant aux ballets pantomimes Italiens, il voyoit un de ces Musulmans danser le rigodon comme un vrai Provençal.

L'agitation dans ces ballets pantomimes se fait par gradation, ainsi qu'un oragan se forme dans les airs, & éclate à la fin. Le pas de deux doit être brillant, celui de trois sautillant, mais il faut que le pas de quatre soit turbulent. C'est la regle de proportion dont les grands maîtres du second ordre ne s'écartent jamais. Dans ce dernier les hommes doivent sauter au-dessus de leur tête, & les femmes montrer leurs caleçons jusques au dessus de la ceinture. Si on ne leur voit que le genou, le pas de quatre est manqué.

Comme cet art s'éleve tous les jours, & que

les grands pr....ffeurs cherchent continuellement
à s'y diftinguer , on vient de faire la découverte
d'un pas unique , qui avoit échappé aux âges les
plus cabriolants. Le danfeur en s'élevant périodiquement fait trois tours dans l'air , & il eft obligé
de retomber fur fes pieds à la même place , &
dans la même attitude dont il eft parti ; ce qui
eft tout jufte la mefure qu'il faut prendre pour
fe caffer le col. L'établiffement de ce faut périlleux
a déja réduit en béquille plus de cent danfeurs.
Il faut efpérer que cet exemple fera qu'on l'a-
bandonnera , fans quoi la pantomime abandonnera
la fcene faute de jambes pour exécuter ce grand
tour de force.

Comment a-t-on pu fuppofer que la nature eft
fi danfante , & que pour rendre une expreffio
avec les pieds , il faille s'expofer à fe rómpre les
jambes , & fe caffer la tête.

Quoique les différents couples qui entrent dans
la compofition de ces ballets , repréfentent différents caracteres , & diverfes nations , il faut nean-
moins que le parterre fuppofe qu'ils font tous Bretons ; car toutes les finales terminent par une
contredanfe Angloife , alors le Chinois , le Turc ,
le Polaque , & le Français , qui ne fe font pas
encore rencontrés dans le ballet , fe retrouvent
tous enfemble à la fin Ils doivent oublier leur
pays & leur caractere pour fautiller comme on fait

à Londres. C'est ici que le génie du maître des ballets se déploie, & qu'il doit faire admirer la supériorité de son talent; car il faut qu'il mette du nouveau dans ces contredances, & qu'il en change la figure de maniere qu'elles ne soient plus reconnoissables. N'importe qu'elles soient extravagantes, & hors de la nature, pourvu qu'elles soient nouvelles. Pour que ces ballets terminent avec plus d'éclat, il faut aussi qu'ils finissent en rond en maniere de branle, que tous les danseurs qui le composent s'entrelassent, se laissent, se reprennent & passent en revue devant le parterre deux à deux, trois à trois, ou quatre à quatre, en courant & rentrant dans les coulisses avec la plus grande agitation ; car c'est de ces finales que dépend le sort de ces pantomimes.

Le caractere du bas grotesque n'est pas plus avancé que le demi-caractere, peut-être même l'est-il moins. On a été, pour ainsi dire, retirer la nature des bois pour l'estropier sur la scene. Les maîtres des ballets se sont fait une danse idéale qui n'existe que dans leur imagination. On a beau la chercher dans les différentes scenes de la vie champêtre, on ne la trouve nulle part. Une noce de village, une danse des paysans, un divertissement de campagne sont des morceaux originaux que ces copies ne rendent point. Les paysans, les bucherons, les charbonniers qu'ils emploient

pour l'exécution de leurs ballets, font des êtres
de raison qui n'existent que fur le théatre, où ils
les placent eux-mêmes. On pare cette nature d'une
magnificence dont elle n'est pas fufceptible. Les
payfans pantomimes font fi richement habillés
qu'ils ne font point connoiffables : outre qu'ils
font parés des étoffes les plus brillantes, ils portent des paillettes d'argent jufques fur leurs fou-
liers. Car il faut en bonne regle pantomime que
le maître de ballet ruine l'entrepreneur de l'Opera,
s'il veut que les danfes réuffiffent. Il faut aujour-
d'hui plus d'argent pour marier deux villageois
fur le théatre, qu'il n'en falloit autrefois pour le
mariage d'un Empereur.

Un Seigneur Italien ayant introduit deux de fes
fermiers à l'Opera pour leur faire voir une pantomime champêtre, leur demanda au fortir du
théatre, ce qu'ils penfoient des payfans leurs com-
patriotes qu'ils venoient de voir, ils lui répondi-
rent : *Questi fono Cavalieri, che noi altri non conof-
ciamo.*

Le bon fens dicte que pour imiter les mœurs
& les manieres des amufements de la campagne,
il faut employer une rufticité qui leur reffemble.

On dit que Moliere lifoit fes comédies à fa fer-
vante avant de les mettre au théatre, & que, fi
elle les trouvoit bonnes, elles réuffiffoient. Cet
excellent comique confultoit par-là la nature, Si

les maîtres de ballet employoient, pour m'exprimer ainfi, cette même pierre de touche, & qu'ils montraſſent leurs ballets aux véritables payſans & aux grotefques avant de les expofer au public, ils verroient qu'ils font toujours hors de la nature, parce que ceux-ci ne s'y réconnoiſſent point.

Il femble que l'ufage de foumettre les productions des arts aux dernieres claſſes de la fociété, eft auſſi ancien que les arts mêmes. Apelles, célébre peintre de l'antiquité, avoit coutume d'expofer fes ouvrages aux yeux du public pour eſſayer fon jugement. On fait qu'un cordonnier trouva qu'il manquoit quelque chofe à un fandale : il le dit hautement à ce fameux artifte qui la corrigea.

Si les maîtres de grotefque expofoient leurs ballets devant ceux qu'ils veulent repréfenter avant de les mettre fur la fcene, le vigneron trouveroit qu'il manque quelque chofe à fon attitude ; le charbonnier, le payfan à fon véritable caractere, & ainſi des autres, de maniere qu'il ne refteroit au maître que le deſſein. On dira fans doute que la fcene permet l'illufion. Illufion tant qu'il vous plaira, lorfqu'on défigure la nature, l'art qui la dirige, eft imparfait.

Outre l'intrigue du ballet, qui eft toujours au-deſſus du génie villageois, aucun pas (quoi qu'on en dife) ne reſſemble ceux que les payfans grotef-ques emploient dans leurs divertiſſements champêtres.

Je paſſe, Milord, à une autre obſervation qui intéreſſe la ſcene italienne.

Un chanteur ou une chanteuſe n'ont pas plutôt roulé quelques notes dans leur bouche, ou un danſeur paſſé quelque entrechat, qu'un battement de mains univerſel, & un hurlement général ſe fait entendre dans les airs : de maniere qu'un étranger qui paſſe une ſoirée au théatre, gagne un mal de tête pour huit jours.

Les applaudiſſements forment un bruit de guerre ſemblable aux batailles qui ſe donnent chez les peuples ſauvages de l'Amérique.

Le ſexe, qui dans les lieux publics garde une certaine décenſe, perd ici la ſienne, il bat des mains, & lâche ſon *Bravo* avec autant de bruit & de tumulte que l'autre.

J'en remarquai une Dame qui dans un ſoir caſſa deux éventails pour applaudir une ariette qui n'en valoit pas un.

Vous ne ſauriez croire, Milord, combien ces acclamations preſque toujours mal placées retardent les progrès de la ſcene italienne. D'abord une actrice, qu'on applaudit beaucoup, ſe croit par-là ſi parfaite, qu'elle n'étudie plus, ou étudie peu. Elle devient l'enfant gâté de la ſcene, ce qui lui donne une hauteur & une préſomption qui prévient le mérite. D'un autre côté ces applaudiſſements confondent les talents ; car lorſque deux acteurs, dont l'un est inférieur à l'autre, sont applaudis également, il ne reste plus de mesure pour juger lequel vaut mieux. Ils ouvrent les portes aux cabales qui engendrent l'esprit de parti. De là vient que d'excellents génies nés pour la scene restent souvent à moitié chemin de leur carriere & meurent dans la médiocrité. La répétition des airs est encore une autre violation des loix du théatre. Elle est contraire au droit des gens des spectateurs.

Il suffit qu'une ariette plaise à une demi-douzaine de partisans de celui, ou de celle qui la chante, pour que le théatre soit en combustion. Ils s'opiniâtrent par des cris énormes à la faire recommencer.

Il *Virtuoso*, ou la *Virtuosa* qui ne demandent pas mieux, & qui sont déja d'accord de ce train, font semblant d'être honteux d'avoir tant de talent, affectent de ne pas sortir, ce qui redouble le vacarme, & retient le spectateur au théatre deux heures plus tard qu'il ne voudroit.

Lorsque le François étoit en usage d'interrompre le spectacle, il s'étoit du moins acquis le droit de divertir le spectateur par des saillies, au lieu que l'Italien n'a conservé que celui de l'étourdir.

A la premiere représentation de la piece d'*Argelie,* qui se donna à Paris, l'actrice manqua de mémoire après avoir prononcé ces premiers vers.

Vous

Vous souvient-il ma sœur du feu Roi notre père?
Auſſi-tôt une voix qui ſortit du fond du parterre
les termina, ainſi.

Ma foi, s'il m'en souvient, il ne m'en souvient guere.
Ce qui excita un éclat de rire univerſel.

A la tragédie de *Marianne*, au moment que
l'actrice chargée de ce rôle de princeſſe, portoit
à la bouche la coupe empoiſonnée, un ſpectateur
cria. *la Reine boit.* A cette acclamation la riſée
fut ſi grande, que la tragédie fut changée en
comédie.

Dans une autre piece quatre actrices ayant paru
à la fois ſur la ſcene ſans acteurs, un quelqu'un cria, *quatorze de Dames font-ils bons?*

Comme l'uſage étoit établi alors de ſiſler les
repréſentations mauvaiſes, un de ceux qui ven-
doit cet inſtrument, s'étoit venu loger à côté de
la comédie françoiſe pour être plus à portée de
vendre ſa marchandiſe. Un ſoir qu'on y donnoit
une nouvelle piece aſſez inſipide, un mouſque-
taire qui étoit dans une loge, adreſſant la parole
au gardien du théatre, lui cria : *Portier, faites entrer
le marchand de ſiflets ;* ce qui changea les bâillements en un éclat de rire de tout le ſpectacle.

Un jour qu'on donnoit le Gentilhomme *Guef-
pin*, piece qui plaiſoit beaucoup à la nobleſſe,
& aux grands de Paris, le public qui la trouva
mauvaiſe, la ſiſta. Alors un ſeigneur de la cour

Tome II.　　　　　　　　　　　　R

s'adreffant au parterre dit , *Meſſieurs , ſi vous n'êtes pas content , on vous rendra votre argent à la porte , mais ne nous empêchez pas d'entendre des choſes qui nous font plaiſir.* Alors un ſpectateur lui adreſſant la parole , dit en ton de déclamateur , *Prince , n'avez-vous rien à nous dire de plus ?* Et auſſi-tôt un autre ajouta. *Non , d'en avoir tant dit , il eſt même confus.*

On ſait qu'Arlequin devant dans une piece contrefaire le cri de l'Ane , un ſpectateur croyant qu'il ne rendoit pas bien ſon rôle , ſe mit lui même à imiter la voix de cet animal , & la rendit mieux que lui. *Meſſieurs ,* dit alors Arlequin , en s'adreſſant au parterre , *d'où venoient ces braillemens ; là où eſt l'original , la copie doit ſe taire.*

A la premiere repréſentation d'une de ces comédies qu'on nomme orientales , parce que les caracteres ſont Muſulmans , l'acteur avoit eu ſoin d'y placer un prologue pour avertir le public que la piece étoit Turque , que l'intrigue ſe paſſant dans le ſerrail , il falloit que le ſpectateur ſe tranſplantât à Conſtantinople. Un marchand de Marſeille qui étoit au parterre cria , *qu'il n'y avoit point de vaiſſeaux en charge pour le Levant.*

Dans une autre nouvelle piece , où le premier acteur attendant ſa maîtreſſe qui devoit arriver par mer dans un port , qu'on avoit fait exprès ſur le théâtre pour la recevoir , & paroiſſoit fort impa-

tient , parce que la mer étoit tout-à-fait calme.
A ce mot de calme , on entendit dans le parterre
de ces vents coulis qui fe font mieux fentir qu'entendre. A ce bruit fourd un fpectateur adreffant
la parole au même acteur lui cria : *Courage , Monfieur l'amoureux , le vaiffeau arrivera bientôt, car
le vent commence à foufler.* Cette poliffonnerie excita un fi grand éclat de rire qu'on ne put finir
la piece , ce qui fit dire à un fpectateur en for-
tant : *Hélas les pauvres acteurs de théâtre n'ont
pas befoin d'une grande tempête pour faire naufrage ,
puifqu'un fi petit vent fait échouer leurs pieces.*

Il y auroit auffi des interlocutoires entre le
parterre & les acteurs qui interrompoient le fpectacle. On avoit annoncé une piece qui avoit pour
titre : *La vertu perfonnifiée en Veftale.* Comme on
ne la donnoit pas au temps marqué , le parterre
en demanda la raifon plufieurs fois. A ces cris
redoublés un acteur parut fur la fcene : *Meffieurs ,*
dit-il , *nous ne pouvons pas repréfenter cette piece ,
attendu que la Veftale eft enceinte : lorfqu'elle aura
accouché , nous vous la donnerons.*

Mais fi le parterre trouvoit fouvent à fe divertir,
aux dépens du théâtre , le théâtre par fois l'humilioit.

J'aurois tout plein d'autres chofes à vous dire,
Milord , fur le chant & fur la danfe ; mais ce feroit
autant de temps perdu ; parce que le public eft
ici à moitié de la corruption. Il faudroit remon-

ter le génie italien pour changer le goût de ces théatres. Cet ouvrage ne peut être que celui de la corruption elle-même ; car lorfqu'elle aura tout gâté dans ces deux arts , il faudra bien les former de nouveau.

Il ne me refte qu'à vous dire deux mots fur une prodigalité dont je vous ai déja parlé dans ma premiere. Je veux dire des dépenfes immenfes des Opera italiens & de leurs acteurs.

Rien ne prouve mieux la décadence d'un fiecle, que le prix exceffif, qu'on met aux arts de pur agrément. Lorfque les Romains furent corrompus, ils payerent plus leurs pantomimes que leurs généraux. Et dès lors l'empire fut perdu ; c'eft qu'on avoit donné trop de confidération à des gens, qui par la nature des chofes n'en devroient point avoir. Les partis des bleus & des verds exciterent des révolutions plus grandes , plus longues & plus compliquées dans la république , que celles des guerres , qu'elle eut avec des Parthes & des Cartaginois , exemple mémorable dans l'hiftoire du monde qui devroit bien porter les fouverains à établir une police dans ce genre d'adminiftration. Il eft vrai que les chanteurs & danfeurs font trop méprifés aujourd'hui dans la vie civile pour caufer une révolution dans l'état politique , mais ils cherchent à y parvenir par les finances qui dans nos fiecles eft la politique par excellence.

Les marchands d'ariettes & d'entrechats mettent
eux-mêmes leurs talents à l'enchere , & les font
valoir ce qu'ils veulent. Ils se rendent les maîtres
de la place dansante & chantante , & en soutien-
nent le prix. *Non mi volete dare due mila zecchini* ,
disoit en dernier lieu très-insolemment un Eunuque à un entrepreneur de spectacles ? *E bene voi
non avrete Opera qu'est'anno , perche non ci è altri
che io per il vostro Teatro , e se mi volete , per dio ,
me gli darete.* Et il les eut.

Il me faut deux mille & quatre cent sequins ,
disoit un vendeur de pas grave à un autre entrepreneur italien , si vous voulez jouir de mes aplombs
& de mes équilibres. *Ma Signor Monsù* , disoit
celui-ci , *le vostre capriole sono molto care , consi-
derate che la somma ? è grossa , e che due mila e
quatrocento zecchini è una gran somma.* Je ne con-
sidere rien , je veux les avoir , ou je pars. Et il
les obtint. Il est surprenant que les gouvernements
économiques qui ont cherché à prévenir les moin-
dres monopoles , n'ayent pas encore pensé à re-
médier à celui-ci ; on le regarde sans doute comme
un objet d'une trop mince importance ; mais on
s'est trompé. Il est d'une plus grande conséquence
qu'on ne croit.

Ces paies mal combinées , causent une grande
révolution dans l'esprit humain , & c'est peut-être
à celle-ci qu'il faut attribuer le retard des progrès

des grandes fciences , dans cette partie du monde.
Du moins elles diminuent l'émulation générale en
rompant toutes les rélations qu'il y a dans les prix
des arts. Elles éteignent les grands talents qui
n'étant plus en proportion des recompenfes , tombent dans l'anéantiffement. Elles caufent du re-
froidiffement dans les premiers artiftes, qui fe
voyant mis en comparaifon avec des miférables
chanteurs & danfeurs , aiment mieux enfouir leurs
talents que de les faire paroître au grand jour.
Elles déterminent plus de citoyen à des profeffions
de pur agrément , de peuple les campagnes de
laboureurs , & les villes d'artifans comme on l'a
dit ailleurs. En un mot elles donnent une mauvaife
direction au numéraire. Et il ne faut pas croire
que ce foit encore ici un petit objet. Il eft queftion
dans le total d'une fomme de plufieurs millions
qui forment une circulation vicieufe , &c. &c.

Enfin pour réfumer, Milord, je dis qu'il eft
humiliant pour cette partie du monde, où l'on a
ouvert des Académies & des Ecoles publiques
pour perfectionner l'entendement humain, qu'on ait
fixé les honoraires d'un profeffeur du droit public,
d'un maître de morale , de géométrie, d'algebre,
de botanique à cinquante livres fterlins par an ,
tandis qu'on donne quinze ou vingt mille livres
à des acteurs pour chanter quelques ariettes, ou
danfer un menuet. Je fuis.

Contraste insuffisant

NF Z 43-120-14

www.ingramcontent.com/pod-product-compliance
Lightning Source LLC
Chambersburg PA
CBHW051829020726
47502CB00005B/1703